Une vieille colère

W0339284

Sylvie Tanette

Les Avrils

En juin 1981 il fait beau à Marseille et je passe l'oral du bac de français. Je suis en 1re au lycée Saint-Exupéry, généralement nommé « Lycée nord » parce qu'il est situé dans les quartiers nord. Ce lycée a une histoire mais en juin 1981 je ne la connais que par bribes. Il a été construit en 1959, c'est le seul dans cette zone et les élèves scolarisés là ont toujours la sensation d'être en quelque sorte des pionniers. Il s'étend sur presque dix hectares et c'est le plus grand de la ville (je découvre à l'instant l'info sur internet). Il est construit sur une colline au-dessus de la mer et par temps de mistral les courants d'air dans les couloirs sont effroyables.

En 1981 je suis au Lycée nord en 1re D, autrement dit dans une section scientifique. Mes notes en maths et en physique sont épouvantables et je vais redoubler. En ce mois de juin je le sais car le conseil de classe a déjà eu lieu. Pourquoi m'a-t-on mise en filière scientifique je me le demande encore.

À la fin du collège j'ai pourtant voulu m'inscrire en CAP Poids lourds, mon oncle Joseph est prof de conduite dans un centre d'apprentissage pas très loin. J'adore ce frère de ma mère, c'est un ancien camionneur et il m'a sans doute influencée. Je m'en souviens pour toujours : je suis encore petite et il me fait grimper dans son camion pour aller livrer du béton. On part une journée entière, on met la radio à fond et on regarde la route depuis en haut. Un autre frère de ma mère camionneur lui aussi se rend une fois par semaine à Gênes, un de mes grands cousins fait deux fois par mois l'aller-retour pour Barcelone. Ce sont mes héros. Qui ne rêverait pas d'une telle vie ? Rouler toute seule durant des heures à bord d'un mastodonte et être payée pour partir en Italie ou en Espagne. À l'adolescence je décide d'être camionneuse. Mon père dit que si après tout c'est ce que je veux. Mais quand en fin de 3e il faut choisir son orientation j'apprends que le centre d'apprentissage n'accepte que les garçons. Déception. En même temps on me dit que j'ai le niveau pour aller en 2nde et que ce serait dommage de passer à côté, je dis oui. On me dit d'aller en 2nde scientifique, je dis oui. Mon avenir de routière s'est joué à pas grand-chose car le centre d'apprentissage s'ouvrira finalement aux filles un peu plus tard. Mais à ce moment-là je suis déjà au lycée, je ne vais pas reculer d'une case, tant pis, je passerai mon bac et j'irai à la fac. Et pourtant encore aujourd'hui l'idée de voir l'autoroute défiler durant des heures au volant d'un monstre m'emplit de nostalgie. Je me dis voilà, c'était ça ma vie. Mais je dois reconnaître qu'il y a une autre raison à mon renoncement. Si en 1re je ne reviens pas en arrière et ne m'inscris pas en CAP Poids lourds c'est parce qu'au lycée j'ai découvert la littérature.

En juin 1981 je suis en 1re D et je sais que je redouble mais ce n'est pas grave parce que j'ai un an d'avance. Je l'ai gagné à l'école maternelle, alors que j'étais en moyenne section l'institutrice m'a envoyée direct en CP. Je m'en souviens comme d'une injustice parce qu'à partir de là je serai toujours la plus petite de la classe. Est-ce à cause de ce décalage que durant toute ma vie je ne trouverai jamais ma place nulle part ? Je n'en sais rien.

En juin 1981 la France n'est plus tout à fait ce qu'elle a été. À peine un mois plus tôt François Mitterrand est arrivé au pouvoir, un événement considérable à mes yeux d'adolescente élevée dans l'ambiance recuite des septennats de Pompidou puis de Giscard. Il me reste quelques souvenirs, Giscard jouant de l'accordéon dans un bistrot de campagne entouré de villageois réjouis. Je découvre la photo dans le journal et je m'interroge sur une si étrange coutume. Je me rappelle aussi d'un dîner chez des anonymes où il dit qu'il aime les œufs brouillés. Un journaliste à la télé rapporte la plaisante anecdote, à l'époque je ne sais pas ce que c'est des œufs brouillés, le nom me déconcerte et je me demande qui sont ces gens qui invitent chez eux un président pareil. C'est mon premier souvenir d'opération de communication politique absurde.

En juin 1981 j'ai seize ans et je passe l'oral du bac de français. Mitterrand est au pouvoir depuis un mois.

Super. Bravo. On est ravis. À l'époque j'habite dans un endroit qui compte encore pas mal de staliniens pur jus et plus de prosoviétiques que dans toute la ville de Moscou. La dictature du prolétariat, on n'imagine même pas qu'elle ne soit pas un jour ou l'autre imposée dans notre pays et avec l'élection de Mitterrand nous les jeunes nous nous disons ça y est, il se passe enfin quelque chose. Les vieux ne s'enthousiasment pas plus que ça. Question espoirs déçus ils sont blindés et ils se souviennent du Mitterrand de la guerre d'Algérie, ça calme. Mais nous n'écoutons pas les vieux ronchons staliniens, c'est dans l'ordre des choses que les jeunes n'écoutent pas leurs aînés et les enguirlandent dans les repas de famille. Selon nous cette France engoncée dans ses habitudes et sa ruralité magnifiée est en train de changer, voilà ce qu'il se passe. Et nous on va pouvoir enfin s'y faire une place.

En 1981 dans les quartiers comme celui où je vis c'est déjà la crise et le chômage, les Trente Glorieuses on ne les a pas vues passer et on sait depuis longtemps qu'avec le capitalisme on va dans le mur. Pour relever la France nous les jeunes on a plein de solutions. Normal, on a la sensation de vivre dans le cœur battant du pays : les quartiers multiculturels, comme ils ne s'appellent pas encore. Depuis la zone nord de Marseille nous savons exactement ce que le nouveau président doit faire, il suffit que l'Élysée téléphone à n'importe lequel d'entre nous on peut donner des conseils, nous tenons à assurer la transformation de la nation pour qu'elle se modernise enfin. Vas-y que je te torche trois textes de loi et tu verras ce que tu verras. Mitterrand n'est qu'une étape vers une véritable France de gauche, nous répétons cette phrase dans n'importe quelle conversation. La droite est derrière nous, c'est fini tout ça, et pour nous la gauche c'est le peuple alors bientôt la bourgeoisie arrêtera de tout diriger et enfin on sera aux commandes et enfin on prendra des décisions un peu intelligentes. D'ailleurs les bourgeois si on pouvait en envoyer un certain nombre casser des cailloux en Sibérie ça leur ferait les pieds et ça nous ferait des vacances. C'est en tout cas ma façon de voir les choses à seize ans alors que je passe le bac de français.

Après il y a un grand vide, je ne me souviens de rien. Je cherche mais je ne parviens pas à situer le moment où je comprends que ça dérape, où je commence à me rendre compte que ce pays ne va pas changer, qu'il va s'accrocher à sa mythologie nationale et à ses mots grandiloquents – universalisme, droits de l'homme – pour masquer les inégalités et les discriminations. Je ne sais pas quand je commence à intégrer que nous ne serons pas mieux pris en compte, que Mitterrand est finalement un grand bourgeois comme un autre. Je me souviens juste des ministres communistes qui quittent le gouvernement, en 1984.

Il me faut interviewer trente-cinq ans plus tard Magyd Cherfi, le leader du mythique groupe Zebda, pour que ressurgisse d'un coup l'immense espoir que l'événement avait suscité chez les jeunes des quartiers, comme on ne nous appelait pas encore, et prendre la mesure du gouffre de déception que cette élection a ouvert. Cherfi et moi on a à peu près le même âge. Il a grandi à Toulouse dans une cité d'urgence, ses parents sont des immigrés algériens, son père est ouvrier. Ma famille est en France depuis plus longtemps que la sienne, selon le déroutant comptage français je suis de la troisième génération côté maternel et de la quatrième côté paternel. Les grands-parents de mon père – instituteur puis sous-directeur d'un collège – ont quitté le Piémont à la fin du XIXe et je ne sais pas quand les parents de ma mère – qui est femme au foyer – sont arrivés de Sardaigne. En tout cas nous vivons toujours exactement où nous nous sommes posés en descendant du bateau. En 2016 à propos de l'élection de Mitterrand Cherfi me dit : « Je ne me suis jamais remis de cette désillusion. » C'est parce qu'il me le dit que j'en prends conscience : moi non plus je ne m'en suis jamais vraiment relevée, comme plein d'autres garçons et filles de notre génération et de ce genre de quartiers je suppose. En 2020 Cherfi évoque dans *La Part du Sarrasin* ce que les médias ont appelé la Marche des Beurs : *En décembre 1983, ce fut l'apogée et la chute. La télé a montré l'arrivée de la grande Marche à Paris, on parlait de cent mille, de deux cent mille personnes dans les rues et mes tripes se sont nouées de ne pas en être, jusqu'à ce que je voie la délégation de marcheurs reçue par François Mitterrand. À l'image, il se tenait à bonne distance, ça m'a frappé. Aucune affection, pas d'étreinte, à peine un sourire de papi gâteau avachi dans un fauteuil Louis XV. À sept cents kilomètres de distance, je me suis senti offensé par cette image de vieux sage blanc recevant les indigènes éreintés d'un flamboyant (ex)-empire.*

En juin 1981 on est encore loin de tout ça et je passe l'oral du bac de français. Les élèves sont répartis par filières dans différents établissements. Je suis convoquée dans un lycée du centre-ville et j'observe les autres ados avec condescendance : que savent-ils de la vie, eux qui ne sont pas des quartiers nord ? Je ne me souviens pas du tout de l'écrit mais très bien de l'oral. Il fait beau ce jour-là et j'ai apporté la liste des textes étudiés en classe tout au long de l'année – un roman, une tragédie, des poèmes, des extraits d'œuvres du patrimoine. En cours la prof avait déclaré un jour sur un ton scandalisé : Vous ne pouvez pas passer le bac de français sans avoir lu Stendhal. J'avais aussitôt décidé de ne pas le lire. Un défi silencieux pour protester contre cette culture imposée d'on ne sait où et qui à l'époque me semble parfois un peu loin de nous. Cela dit je ne rejette pas l'ensemble des textes inscrits au programme et certains me font une impression profonde. Une copine dit ne pas aimer les tragédies de Racine ou de Corneille parce qu'il n'y a que des rois et des reines dedans et qu'on a assez parlé de ces gens-là. Je vois l'idée mais je ne suis pas d'accord. Les tragédies de Racine me touchent justement parce que nous les descendants d'immigrés pour ce qui est des tragédies on est concernés.

Je ne me souviens pas exactement de ce que contient la liste de textes que je présente. Rien que du très banal. Je sais qu'au lycée une prof gauchiste donne tout autre chose, du Léo Ferré par exemple. Oui c'est bien mais que va en penser le prof inconnu qui fait passer l'oral ? Voilà la question que se posent ses élèves parce que le bac on a envie de l'avoir, même si beaucoup le ratent.

L'année où je passe le bac mon lycée affiche un taux d'échec phénoménal. À l'échelle nationale les enfants d'enseignants – dont je fais partie – l'obtiennent presque tous, contrairement à ceux des ouvriers et je suis révoltée. Étant scolarisée dans les quartiers nord j'ai pu voir l'hécatombe de près. En 5e une première salve d'élèves a été sortie du système général pour être envoyée en CAP. En 3e c'est la même chose. Nous sommes moins de dix par classe à aller en 2nde et plusieurs abandonneront avant même d'atteindre la terminale. En juin 1981 je suis en 1re, j'ai découvert la littérature et je trouve inadmissible que tous les jeunes de mon âge n'y aient pas droit, y compris les futurs camionneurs. Encore aujourd'hui ma vieille colère est toujours là, je la garde au chaud.

En juin 1981 la prof inconnue qui me fait passer l'oral du bac de français m'interroge sur *L'Étranger* d'Albert Camus. On l'a étudié en classe et je l'ai lu en entier sans sauter une ligne. Le livre ne m'a pas beaucoup marquée à part la phrase du début, *Aujourd'hui maman est morte*, parce que je trouve très étonnant qu'un homme adulte dise « maman » au lieu de « ma mère », et son emploi du terme « les Arabes » pour parler des Algériens me laisse perplexe. Je me souviens d'un cours où la prof a dû nous expliquer que le passage où Marie demande à Meursault de l'épouser avait choqué le lectorat français parce qu'en ce temps-là c'étaient toujours les hommes qui faisaient la demande en mariage.

En juin 1981 je passe l'oral du bac de français et je suis à l'aise, *L'Étranger* n'est pas ce que je préfère en littérature mais je le connais sur le bout des doigts, j'ai révisé avec méthode et je m'en tire bien. Je présente l'extrait, je découpe, j'analyse, je démontre. J'ai un accent des quartiers nord à couper au couteau mais la prof fait comme si elle ne le remarquait pas. Elle me pose quelques questions, je réponds. Au bout d'un moment elle sourit, je n'ai plus rien à dire et elle non plus. C'est fini.

Ce n'est peut-être pas un hasard si elle m'a interrogée sur ce texte en ce jour de juin 1981. Quand un mois plus tôt Mitterrand a été élu il l'a dit : il sera celui qui abolira la peine de mort en France. La prof me regarde, je me tais en attendant la suite et soudain elle me demande : « Et vous, que pensez-vous de l'abolition de la peine de mort ? »

Je reste interdite mais elle me rassure. Surtout que je ne m'inquiète pas, l'oral est terminé et ma note ne sera pas modifiée quelle que soit ma réponse. C'est juste qu'elle aime bien poser cette question aux élèves, comme ça, pour voir. Alors je réponds : « C'est bien beau d'abolir la peine de mort mais le résultat c'est que ça va multiplier les condamnations à perpétuité. »

Et j'argumente. Je fais des gestes pour expliquer, autant de gestes que si je me trouvais non pas dans une salle d'oral du bac mais assise sur une chaise paillée quelque part dans le vieux Naples. Des gestes pour convaincre parce que c'est important ce que je dis, il faut qu'elle comprenne : supprimer la peine de mort va augmenter le nombre de condamnations à perpétuité et c'est tout aussi inhumain, en tout cas je le pense. J'ai l'impression que personne ne se rend compte de ce que cela signifie, apprendre à la fin d'un procès qu'on ne sortira jamais de prison.

La prof me laisse m'empêtrer dans mon argumentation en me regardant d'un air légèrement interloqué. Sans doute se dit-elle que je n'ai rien compris au moment historique que la nation est en train de vivre. Je continue à parler et elle ne répond rien alors finalement je me tais, elle me sourit gentiment, je ramasse mes affaires, je lui dis au revoir, merci, et je m'en vais.

Un matin d'octobre 2021 je suis chez moi à Paris et j'écoute sur France Culture un billet célébrant les quarante ans de l'abolition de la peine de mort quand l'oral du bac de français me revient d'un coup. Soudain j'ai seize ans il fait beau ce jour-là à Marseille je suis assise devant une prof inconnue et je dis : « Oui mais ça va multiplier les condamnations à perpétuité, vous trouvez que c'est mieux ? »

Je sais pourquoi le sujet était pour moi si sensible, en juin 1981. Dans les années 70, soit moins de dix ans plus tôt, mon cousin Bruno a été condamné à perpétuité pour homicide volontaire avec préméditation.

Les années 70 à Marseille c'est du pur délire, j'ai l'impression d'avoir passé mon enfance à lire des faits divers horribles dans le journal local.

Lire est la grande affaire de ma vie. À l'époque on commence l'apprentissage de la lecture en moyenne section de maternelle et tout de suite le truc me passionne. Bien entendu, écrire est l'autre grande affaire de ma vie et à partir de ce moment-là je lis et j'écris tout le temps.

En y réfléchissant je ne vois qu'une raison qui puisse expliquer cet enthousiasme : mon grand-père maternel est venu vivre chez nous. Il est très âgé, ne parle pas français ou si peu et même en italien il est analphabète : il n'est jamais allé à l'école. Dans le quartier il est loin d'être le seul mais moi ça m'intrigue.

Quelque part au début des années 70 je lui dis ça y est, maintenant je sais lire et je peux t'apprendre si tu veux. Il a un sourire indulgent et refuse avec politesse. J'aime beaucoup ce très vieil homme silencieux avec qui je passe pas mal de temps. Je me souviens de petits détails qui me fascinent, par exemple quand il tente de parler français il ne sait pas très bien où commencent les mots, il dit « la maison » et « les amaisons », logiquement puisqu'on dit « l'assiette » et « les assiettes ». En ce début des années 70 je peux m'interroger pendant des jours et des jours mais je ne trouve pas de réponse : qui décide de où commencent les mots ?

[En 1981 j'ai seize ans et j'achète *Les Ritals* de Cavanna dans une édition de poche. Assise à la table de la cuisine j'en lis à haute voix des extraits pour ma mère qui est en train de faire à manger. Cavanna a réussi à transcrire le mélange de français et d'italien parlé par son père immigré, je me tords de rire et soudain ma mère pleure. En août 2014 c'est la rentrée littéraire et Lydie Salvayre publie *Pas pleurer*. Je le lis dans l'été et cette fois c'est moi qui pleure, à chaque page ou presque je pleure. C'est un livre autobiographique – Goncourt de cette année-là – où Salvayre, fille de réfugiés espagnols, a su recréer le français malhabile et métissé de sa mère. À la fin de l'été je vais l'interviewer pour la Radio Suisse Romande. L'entretien est diffusé le 18 septembre et à 16'56 je lui demande :

« Et pourquoi c'est aussi émouvant ? Vous qui êtes psychiatre, Lydie Salvayre, vous allez m'expliquer. Personnellement je pleure à chaque phrase de la mère. Pourquoi ce français encombré, l'expression est de vous, pourquoi ce français encombré est aussi émouvant, pour nous quand on le lit ?

– Peut-être que ça nous apporte à nous aussi de la liberté dans le dire. Nous sommes pris dans des habitudes de dire. Dans des formes normatives du dire, et peut-être qu'au fond c'est un appel à la liberté par rapport à la langue. De voir ce qui est généralement disqualifiant, en tout cas dans le discours raciste, le mal-parlé, ici renversé en poésie, peut-être que ça, c'est émouvant. »]

Au début des années 70 j'apprends à lire et quand je me débrouille suffisamment je lis les faits divers dans le journal local. Une fois le corps sans vie d'une prostituée est découvert dans notre quartier. Comment a-t-elle été tuée et par qui ? L'article que je lis ne le dit pas. Il y a juste écrit qu'au petit matin les éboueurs ont trouvé une jeune fille morte et que la police a identifié une prostituée. Affaire classée. La morte gisait par terre entre les poubelles qui en ce temps-là ne sont pas des containers en plastique mais des barils de métal.

[Un jour à côté d'un de ces barils quelqu'un a déposé une caisse de documents anciens. Peut-être qu'un vieux est mort dans notre rue ? Je ne sais pas. Quand je descends vider la poubelle en fin de journée je vois les papiers, je fouille et trouve un portrait de famille réalisé chez un photographe professionnel. Tons sépia, habits du dimanche, figures d'enterrement, regards noirs identiques et au centre une grand-mère tassée sur sa chaise. Je n'ai jamais su qui étaient ces gens. La photo je l'ai encore chez moi.]

Une autre prostituée est au centre d'un nouvel article un peu plus tard. La malheureuse a été rouée de coups et même torturée par son proxénète qui l'a laissée pour morte dans un terrain vague. Le journaliste a minutieusement retranscrit son calvaire. On apprend qu'après le départ de son bourreau elle est parvenue à se lever puis à rejoindre nue le domicile d'un homme qui vit près du terrain vague. Il l'a fait asseoir dans sa cuisine et il est allé chercher des secours.

Une fois c'est un corps qui flotte dans une crique, celui d'un homme jeune qui n'a pas de papiers d'identité sur lui. Ni une ni deux la police prend son visage en photo et fait publier un avis dans le journal. Si quelqu'un reconnaît le mort, qu'il se signale. Je ne sais pas si quelqu'un a reconnu le mort mais cinquante ans après j'ai toujours son visage en mémoire, il est tout bouffi parce qu'il a passé trop de temps dans l'eau.

Il arrive que ces faits divers débordent du journal et entrent dans notre quotidien. Un samedi après-midi je joue devant chez moi avec une petite voisine. Une voiture surgit, freine dans un dérapage très cinématographique et disparaît dans une rue perpendiculaire. À son bord des jeunes du quartier, dont une fille que je connais un peu. Un quart de seconde plus tard une voiture de flics déboule, freine et redémarre de la même façon. Ma première course-poursuite !

Un jour le PMU à côté de la boulangerie est fermé pour cause de trafic d'armes. Il rouvre quelques semaines plus tard.

Au début des années 70 mon cousin Bruno qui a dans les vingt ans abat un garçon à peine plus vieux que lui, dans un bar.

Bruno est le fils unique de César, un des frères de ma mère (ma mère a cinq frères et trois sœurs, ce qui m'a donné côté maternel vingt-quatre cousins et cousines). Il a une bonne dizaine d'années de plus que moi et je n'ai de lui qu'un souvenir, qui doit dater de la fin des années 60, j'ai quatre ou cinq ans. On va à l'hôpital pour visiter César qui est malade et Bruno est là, ses cheveux sont coupés très courts parce qu'il fait son service militaire. Je suis impressionnée.

Mon oncle César a cessé assez tôt d'être camionneur, une originalité dans cette fratrie. Il tient un bar dans les quartiers nord, je ne sais pas pourquoi et je ne sais pas où, je ne me souviens pas y être allée. J'imagine aujourd'hui qu'un bar dans les quartiers nord n'est peut-être pas le meilleur endroit pour élever un garçon mais ça je ne m'en suis aperçue que récemment. Je sais juste que Bruno a arrêté l'école très jeune, je crois même qu'il s'est fait virer de son collège. Je me souviens avoir entendu que sa mère l'aurait trop gâté mais c'est courant comme accusation quand un ado tourne mal. Cela dit j'ai vu ce genre de choses, des garçons idolâtrés par leur maman et élevés comme des petits princes, c'est culturel je suppose, en grandissant ils ne supportaient aucune contrainte puisqu'ils n'en avaient jamais connu.

En fait au début des années 70 Bruno n'a pas tué un mais deux garçons. D'abord un proxénète du quartier au cours d'une bagarre. Il a été condamné à quelques années de prison, pas grand-chose. Puis ce meurtre dans un bar, à vingt ans, qui lui a valu la perpétuité.

Durant la première incarcération de Bruno on m'envoie de temps en temps passer le week-end chez César. Il ne travaille plus parce qu'il est malade, avec sa femme ils vivent dans une cité HLM et je me souviens que leur voisin de palier est yougoslave. Je dois avoir dans les sept ans et je dors dans la chambre de mon cousin qui est en prison. J'imagine que mes parents doivent se dire que César est tellement malheureux avec ce qui lui arrive, la présence d'une petite fille peut égayer ses journées. J'aime bien aller chez lui, il est très gentil. J'adore en général et sans distinction l'ensemble des frères de ma mère, César Antoine Joseph et Jean, il n'y a que Romulus que je n'ai pas connu. Il est mort à quarante ans peu avant ma naissance, laissant orphelins deux garçons de quinze et dix ans de plus que moi, Jean-Luc et Fabien. Je me souviens de Fabien un dimanche de rassemblement familial, il doit avoir vingt-deux ou vingt-trois ans et il est beau comme un Italo-Américain dans un film de Scorsese. Il me parle de Bruno, ils étaient copains mais Fabien ne fréquentait pas le même bar, c'était trop dangereux.

Toutes sortes d'histoires courent sur mon cousin Fabien à cette époque-là, plus rocambolesques les unes que les autres, histoires de petits trafics et d'embrouilles avec les flics. Fabien est serveur dans une pizzeria puis dans un bar sur la Côte Bleue, Fabien a été surpris par sa copine alors qu'il était au lit avec la voisine, Fabien a mis une fille enceinte mais elle ne veut plus le voir, si je réfléchis je peux me souvenir de plein d'autres trucs du genre. À cinquante ans Fabien se suicide. J'ai quarante ans, j'habite à Paris et j'apprends son décès par hasard, bien après son enterrement.

Au début des années 70 je passe le week-end chez mon oncle César et sa femme me propose d'écrire une lettre à Bruno, ça lui fera plaisir. Je ne me souviens pas exactement de ce que j'écris. Il me répond très gentiment, dit deux trois mots sur sa vie en prison – pas le dixième de ce que c'est en réalité bien entendu. Je ne suis pas certaine de lui avoir répondu, je crois que ma mère n'avait pas envie qu'on corresponde, mais sa lettre je l'ai gardée des années, ado je l'avais mise dans mon portefeuille. Et un jour j'ai vingt ans on me vole mon portefeuille et je perds la lettre de mon cousin.

César est mort durant cette première incarcération et mon oncle Joseph est délégué par la famille pour s'occuper de Bruno. Il parvient à lui obtenir une liberté conditionnelle sous réserve qu'il suive une formation dans le centre d'apprentissage où lui-même est prof de conduite. Bruno sort de prison, retourne chez sa mère et le samedi soir ses copains lui racontent que le gérant d'un bar où ils ont leurs habitudes aurait mal parlé sur son compte. Il prend une arme, entre dans le bar et tue le gérant.

Comme il ne veut pas retourner en prison il s'enfuit et passe la frontière italienne dans la nuit. Là-bas il participe à un braquage qui lui vaut une incarcération puis une extradition vers la France.

Le procès a lieu. L'avocat est corse. Je n'y assiste pas car on estime que je suis trop petite mais la famille de ma mère est là au grand complet, mes oncles et mes tantes avec les plus âgés de mes cousins et cousines. Bruno est condamné à la perpétuité.

Le lendemain je lis dans le journal un compte-rendu du procès. Ce qu'écrit la chroniqueuse judiciaire m'agace mais je ne sais plus très bien pourquoi, quelque chose dans le ton qu'elle emploie me semble inacceptable. Est-ce à cause d'elle que je déciderai bien plus tard de devenir journaliste ? Mystère.

Je me souviens des discussions entre adultes quand le dimanche ma mère retrouve ses frères et sœurs mais je ne me souviens pas qu'on m'ait expliqué quoi que ce soit. En tout cas personne ne me dit que la perpétuité peut être ramenée à une peine de sûreté, que les condamnés ne restent pas forcément en prison jusqu'à la fin de leur vie mais peuvent bénéficier d'une mesure de remise en liberté.

Pour moi l'affaire est claire : mon cousin pour toujours sera enfermé.

Quelques années plus tard en juin 1981 je passe l'oral du bac de français et je tente de faire partager mon désarroi à une prof inconnue.

Il y a les années 70, il y a les années 80, et tout le reste s'enchaîne je me demande encore comment. La fac, je quitte Marseille, je prends un appart à Paris avec Lucien qui est le plus beau garçon que j'aie jamais vu, je deviens journaliste, on a deux fils. Je n'oublie rien, cette histoire est là quelque part et je sais qu'un jour je la raconte à nos garçons : vous savez quand j'étais petite un de mes cousins a été condamné à perpétuité pour homicide volontaire avec préméditation. Ils me disent : Ah ouais quand même, et puis on n'en parle plus. C'est ma vie, pas la leur.

Je ne me souviens plus comment j'apprends la libération de Bruno après trente ans de détention ou quelque chose comme ça. Je ne sais pas quoi faire, je ne fais rien, je me dis qu'il ne me connaît pas. Voilà longtemps que je ne vis plus à Marseille, son père est mort depuis des années et je n'ai jamais revu sa mère. Je ne vois même plus la mienne. Bruno a été libéré, j'en suis heureuse pour lui et c'est tout.

Et puis un jour de 2018 je découvre que mon cousin Frédéric vient d'être condamné à vingt ans de réclusion. Pour meurtre.

En 2018 je vis à Paris avec Lucien depuis des lustres et nos enfants sont devenus ados puis jeunes adultes à une vitesse surprenante. Je fais de la critique littéraire et des interviews d'écrivains, j'ai publié un premier roman en 2011 et je suis en train d'en terminer un autre. Bref je travaille sans m'arrêter et comme beaucoup de gens je vis le nez dans le guidon. La condamnation de Frédéric m'attrape par surprise. Je déniche le compte-rendu du procès sur le site du quotidien *La Provence*. Le meurtre a eu lieu en 2014, je n'en savais rien. Frédéric qui a déjà une bonne quarantaine d'années s'est disputé avec le gérant d'un bar, un garçon qui n'avait pas trente ans. Il est allé chercher un fusil de chasse, il est revenu dans le bar et il a tiré à bout portant sur sa victime qui s'est écroulée.

Je lis et je relis l'article qui me renvoie loin en arrière, je suis encore très jeune et dans le journal il y a le compte-rendu du procès de Bruno. Je n'avais pas pensé à tout ça depuis longtemps. Je ne sais pas quoi en penser. Je n'en pense rien.

Frédéric appartient à ma famille paternelle et pour être précis nous ne sommes pas cousins germains, la mère de sa grand-mère est la sœur aînée de ma grand-mère. Quand on est petits Frédéric et moi on joue souvent ensemble parce qu'elles sont voisines toutes les trois, leurs appartements s'ouvrent sur une même courette dans un vieux recoin de notre quartier, tout a été détruit depuis. Je me souviens de la famille de mon père comme d'une bande d'originaux sympathiques et braillards, sans-façon. Les repas le dimanche se passent chez ma grand-mère, puis pendant que les femmes lavent la vaisselle et boivent du café les hommes s'enferment chez ma grand-tante pour faire une partie de cartes. Ils jouent au rami et seulement au rami. Je cherche sur internet. Je découvre que :

– l'objectif est de conserver le moins de points possible à chaque partie,

– le principe est celui du « tire et défausse-toi »,

– son ancêtre serait le jeu de mah-jong, né dans la Chine du XIIe siècle. Il aurait conquis les côtes méditerranéennes et particulièrement l'Italie on ne sait pas trop comment, soit en transitant par l'Égypte, soit depuis la péninsule ibérique via les Philippines occupées par les Portugais,

– il en existe une variante, le gin rami, inventée à Brooklyn au début du XXe siècle par quelqu'un qui buvait trop.

Souvent les hommes font tellement de bruit que ma grand-mère tape contre la cloison en les traitant de fous, mais en utilisant un mot que j'ai oublié, du dialecte je suppose. Dans la famille de mon père ils sont piémontais d'origine, ils ne mangent pas comme chez ma mère qui est sarde. Encore aujourd'hui je me souviens des pâtes de ma grand-mère paternelle, j'ai essayé plusieurs recettes mais je n'ai jamais obtenu la même chose, seulement parfois dans une quelconque trattoria en Italie du Nord je commande des pâtes au ragù et soudain j'ai trois ou quatre ans, je suis devant une assiette et ma grand-mère tape au mur et hurle parce que les hommes qui s'engueulent à côté font trop de bruit.

C'est une époque étrange, je découvre la vie depuis ma place de fille et j'ai la sensation que les hommes font toujours des choses absolument incroyables. Par exemple ils peuvent empoigner une chaise et s'asseoir à califourchon dessus en s'accoudant au dossier. Ça n'a rien de pratique, c'est juste pour montrer le pouvoir qu'ils exercent sur ce qui les entoure. Eux ils peuvent traiter les objets comme ils le veulent et ils font ça pour tout, tenir une cigarette, une tasse, et ça me fascine.

Un jour je prends une chaise et j'essaie de m'asseoir à califourchon dessus, pareil que les hommes. On me gronde.

Frédéric n'est pas mon cousin germain mais ça ne fait pas de différence, la famille de mon père est une tribu informe aux ramifications multiples où les générations se confondent et je mettrai des années à démêler les filiations. Il est le petit dernier chez lui après sa sœur Catherine et son frère Jean-Michel. Leur mère est d'origine sicilienne, elle s'est mariée très jeune avec le cousin de mon père et lui est piémontais par sa mère et calabrais par son père. C'est une délicate sirène aux longs cheveux noirs et ses enfants sont très beaux, particulièrement Catherine qui à partir de l'adolescence se met à ressembler de façon frappante à Claudia Cardinale. Je me souviens du mariage de Catherine sur le petit port de l'Estaque, elle n'a pas dix-sept ans et moi dix-neuf ou vingt, je suis en fac, le repas est servi dans le local du syndicat des pêcheurs car son père est adhérent, tout comme Frédéric qui s'est lancé dans le métier après avoir arrêté le collège. On dit d'eux qu'ils sont patrons-pêcheurs car ils possèdent leur propre barque. Que là-bas on appelle un pointu.

Quand on est petits souvent le samedi ou le dimanche on se retrouve tous chez nos grands-mères. Je joue surtout avec Catherine et Frédéric est toujours dans nos pattes. C'est un gamin tout rond, souriant. Je me souviens d'un jour où il veut aider les femmes à la cuisine et ma mère lui fait écaler des œufs durs pour la salade. Ce sont mes premiers souvenirs, il est le plus petit mais ce qu'il veut c'est participer alors on le trimballe partout. Adolescent il arrête l'école assez vite et débute son activité de pêcheur. Quand je commence la fac on se voit encore quelquefois, j'habite toujours le quartier et on se croise ici et là comme avec son frère et sa sœur, et une fois ou deux je vais lui acheter du poisson. Puis je quitte Marseille et je ne reviens pas pendant plusieurs années. J'apprends que son frère Jean-Michel meurt dans un accident de voiture, si je comprends bien c'est une course-poursuite qui a mal tourné, en tout cas c'est ce qu'on me dit à l'époque. Je ne sais pas grand-chose de cette histoire, je n'ai pas le temps de rentrer à Marseille pour l'enterrement et je ne rentre pas. Jean-Michel avait hérité des yeux noirs de sa mère, quand on était ados il venait rendre visite à mes parents sur son cyclomoteur, je l'aimais bien. Je ne rentre pas pour l'enterrement mais je me souviens, mot pour mot, du message que Catherine laisse sur mon répondeur pour m'annoncer le décès de son petit frère, mon cousin Jean-Michel.

Le 9 octobre 2021 on célèbre les quarante ans de l'abolition de la peine de mort et je me souviens de l'oral du bac de français. Vingt jours plus tard Rebecca Manzoni sur France Inter fait à 7 h 22 son *Tube n'co* sur *Ma quale idea* de Pino D'Angiò. Elle débute sa chronique ainsi : « Un dimanche midi de l'année 1980 chez ma grand-mère, la télé à fond allumée sur la RAI, c'était la tradition. »

Je ne connais pas Rebecca Manzoni mais je la remercie avec émotion sur Twitter. Pendant quelque temps j'écoute en boucle Pino D'Angiò – Giuseppe Chierchia de son vrai nom. Je me souviens que *Ma quale idea* on l'entendait partout à Marseille durant cette année scolaire 1980-1981, quand je préparais le bac de français.

Ces deux événements à quelques jours de distance me renvoient d'un coup dans le passé. Soudain je suis envahie de souvenirs qui surgissent n'importe comment, et chaque fois que j'en attrape un j'en découvre un autre caché derrière. Je me dis que c'est peut-être une chance à saisir : durant des années j'ai occupé mes journées à lire des romans et mes nuits à inventer des fictions peuplées de créatures imaginaires sans jamais réfléchir à rien. Il est peut-être temps de revenir à la réalité et d'écrire sur notre histoire.

Qu'on mette tout de suite les choses au point : je ne cherche pas d'excuse. Je ne suis pas dans la victimisation, comme dit la classe dominante, et je ne minimise en rien ce que mes cousins ont fait. Mais il me fallait réfléchir à tout ça. Car si bizarre que puisse paraître l'ambiance dans laquelle nous avons grandi Bruno Frédéric et moi, et si incompréhensible que soit notre façon d'habiter le monde, il n'en reste pas moins que cette histoire est la nôtre et celle de milliers de Français et de Françaises d'aujourd'hui qui, tout comme moi, font avec.

Même si j'ai commencé à écrire ce texte sans trop savoir où il allait me mener, dès le départ j'ai su que je ne rédigerai pas un essai à partir des cas de Bruno et Frédéric – je ne suis pas sociologue. Je ne me suis d'ailleurs pas imaginée les interviewant, je n'ai aucune légitimité pour le faire et j'aurais forcément manqué d'objectivité – ce sont mes cousins. Mais puisque nous sommes liés par des ancêtres communs il m'a semblé logique de rassembler le peu que je savais de ces gens qui un jour avaient quitté l'Italie pour venir en France. Je voulais étudier leurs conditions d'arrivée, me renseigner sur les événements qui ont jalonné leurs parcours, notamment les grands mouvements syndicaux dont j'avais tant entendu parler, réfléchir à ce milieu que les immigrés ont créé de toutes pièces et à son ambiance très politisée. Je me demandais ce qui dans cette histoire avait pu être déterminant pour Bruno Frédéric et moi, et puis je me disais que me plonger dans tout ça allait peut-être me permettre d'enfin comprendre quelque chose à ma vie. Mais c'était confus et je tournais en rond et je ne savais pas quoi faire jusqu'au moment où m'est venue une idée lumineuse: pour avancer il fallait que je rentre à Marseille. Et contrairement à mes habitudes je ne pouvais pas me contenter de n'y passer que quelques jours de vacances.

Quelqu'un m'a parlé d'une structure qui organise des événements littéraires là-bas, j'ai appris qu'il était possible d'animer un atelier d'écriture pour financer mon séjour, c'était inespéré et j'ai accepté dans l'instant. Je voulais habiter à l'Estaque, ce petit port de pêche dans les quartiers nord devenu célèbre grâce à Robert Guédiguian. Mes grands-parents y ont vécu, vingt-cinq ans de ma vie se sont déroulés dans cette zone, je savais que là-bas quelque chose de moi était resté. Sur internet j'ai trouvé une chambre à louer, j'ai discuté avec la propriétaire, elle pouvait m'accueillir durant un mois.

Voilà ça devenait vrai.

J'ai remué toute la maison, je vais rentrer je vais rentrer, je n'arrêtais pas d'en parler. Lucien et nos deux fils regardaient ça de loin, ce n'était pas leur affaire et ils en ont eu vite assez de me voir m'agiter dans tous les sens, ils ne comprenaient pas. Si tu veux y aller eh bien vas-y.

J'ai essayé de leur expliquer : depuis plus de trente ans que j'ai quitté Marseille j'y retourne rarement, juste une petite semaine de temps en temps et chaque fois c'est la même chose : je loue un logement ici ou là, je bois un café à l'Estaque, je mange une pizza arménienne, je vais dîner chez mes vieux amis, je retrouve quelques-uns de mes cousins et cousines et puis je rentre chez moi à Paris. Mais cette fois-ci j'allais y rester un mois entier.

Ma décision était prise, j'avais acheté mon billet de train et une nuit j'ai fait un rêve qui était presque un cauchemar.

Je marche dans l'Estaque en tirant ma valise derrière moi, je cherche la maison où je dois dormir mais je ne trouve pas mon chemin. Au coin d'une rue je vois des filles et des garçons qui bavardent assis sur un muret, comme on le faisait quand on était jeunes. Je m'approche et leur demande de l'aide, ils me répondent avec gentillesse mais je ne comprends rien à ce qu'ils disent, je me rends compte que la langue des gens d'ici m'est devenue étrangère. Je suis partie depuis trop longtemps.

Je me suis réveillée chez moi à Paris. Le jour n'était pas encore levé. J'allais rentrer.

Je me souviens de mon arrivée : après le TGV Paris-Marseille je prends un TER qui va de la gare Saint-Charles jusqu'à celle de l'Estaque. Il traverse l'immense zone des quartiers nord, cette succession de cités HLM, de friches, d'anciens villages, de terrains vagues et soudain me voilà tout au bout, accueillie par un mistral délirant.

Je tire ma valise le long de rues où j'ai marché quand j'étais toute petite. Je croise des ados rentrant chez eux, leur collège n'est pas loin. Ils n'ont pas changé. Je retrouve le quartier, un enchevêtrement d'immeubles, d'anciennes cités ouvrières en briques, de maisons de pêcheurs, de ruelles étroites et d'escaliers qui descendent vers la mer.

Le temps de m'installer dans la chambre que j'ai louée et je vais sur le port pour m'acheter quelque chose à manger. Une affiche sur un mur m'apprend que dans les locaux d'une association dont j'ignorais l'existence aura bientôt lieu un concert du New Folk Sicilian Project.

Pour les habitants du quartier c'est 5 €, pour les autres rien n'est précisé.

Voilà je suis rentrée, le vent la Méditerranée les installations portuaires et l'accent des gens.

Avant même de quitter Paris j'avais élaboré un programme passionnant – consulter la documentation des archives municipales, aller à la belle bibliothèque publique de l'Alcazar. Ce séjour m'apparaissait comme une occasion inespérée pour tenter d'en savoir plus sur notre histoire collective et sur la construction des quartiers nord. Et puis je me disais que j'allais avoir du temps pour arpenter les lieux, remettre mes pas dans les pas de mon enfance, rencontrer des gens que parfois je n'avais pas vus depuis très longtemps. Peut-être essayer de retrouver mon cousin Bruno ? Le jour de mon arrivée je téléphone à mes cousines, j'envoie des textos à de vieux amis. Je suis rentrée.

Et ce n'était pas vraiment prévu mais voilà : on est en avril 2022, je vais vivre les deux tours de la présidentielle à Marseille.

En arrivant j'ai acheté une carte RTM illimitée pour profiter des transports en commun et me déplacer facilement, alors les premiers jours je sillonne les quartiers nord en bus, je retrouve les endroits où j'ai grandi et ça me renvoie direct dans les années 70, celles de la French Connection, quand mon cousin Bruno a été condamné. Pour beaucoup de gens la French Connection c'est juste du cinéma parce qu'un film s'appelle comme ça, en 1971 il a valu l'Oscar du meilleur réalisateur à William Friedkin et en 1975 John Frankenheimer a signé une suite, *French Connection 2*. Je ne suis pas certaine de les avoir vus mais je me souviens très bien d'un autre film sorti à la même époque: *Le Trio infernal* de Francis Girod, co-écrit avec Jacques Rouffio, scénariste prolifique né à Marseille – on lui doit notamment *Sept Morts sur ordonnance* et le très politique *Le Sucre* que j'ai vu à la télé au début des années 80.

Le Trio infernal est inspiré d'un fait divers du début du XXe siècle: avec l'aide de deux jeunes femmes un avocat d'affaires marseillais escroquait ses clients et les assassinait. Georges-Alexandre Sarret – né Giorgio Sarrejani à Trieste – ambitionnait de devenir député des Bouches-du-Rhône mais il a finalement été guillotiné en 1934. Il avait entre autres plongé une de ses victimes dans un bain d'acide.

Le rôle principal est tenu par l'excellent Michel Piccoli, celui de ses complices par les non moins excellentes Romy Schneider et Mascha Gonska et ce film est glaçant. Il met en scène des personnages qui obsédés par l'idée d'amasser de l'argent trucident des gens et s'en amusent, pris dans une sorte d'inconscience morbide.

Le tournage s'est déroulé au début des années 70 et une scène a pour décor le quartier où j'habitais quand j'étais petite, juste au-dessus de l'Estaque. Une traction-avant est garée, Michel Piccoli en descend et va toquer à la fenêtre du café du coin.

Dans mes tout premiers jours marseillais je prends un bus pour retourner sur les lieux et assise sur un banc près du café qui n'existe plus je regarde la scène sur mon téléphone portable. Je me souviens de l'ambiance hors champ, insoupçonnable à l'image: la rue où derrière une barrière se serrent toutes les mères de famille du quartier, sorties de chez elles soi-disant pour faire les courses mais en réalité pour voir Piccoli en vrai.

J'ai sept ou huit ans. L'équipe du film fait une pause, je me faufile sous la barrière, je tends un crayon rouge et une feuille de papier quadrillé à Michel Piccoli – « Monsieur s'il vous plaît ». Il s'appuie sur le capot de la voiture pour signer un autographe. Je me souviens de son sourire.

Ce café était fréquenté entre autres par des gitans d'Andalousie, plusieurs frères qui s'étaient lancés dans la chanson, ils étaient précurseurs de ce qu'on a appelé par la suite les musiques du monde. Leur groupe a eu son heure de gloire et je me souviens que j'étais très fière d'eux.

Souvent le soir des gitans jouaient de la guitare assis sur un banc devant chez nous, tard dans la nuit couchée dans mon petit lit je les écoutais. Je revois leur étrange élégance, les hommes en chemise blanche et blazer noir le dimanche, les femmes aux longs cheveux détachés. Ils étaient les seuls avec quelques mémés corses à fréquenter l'église. Je me souviens de copains et copines de classe, en général ils ont été déscolarisés assez tôt et je les ai tous perdus de vue. Au cinéma du quartier avant que le film commence il y avait toujours un petit dessin animé, si c'était *Speedy Gonzales* quand la musique du générique éclatait les gitans au fond de la salle dansaient sur leurs fauteuils et tapaient dans leurs mains. Je ne suis pas dans le folklore, c'était vraiment comme ça.

[Les gitans sédentarisés avaient installé leurs camps de caravanes dans des terrains vagues, parfois ils étaient logés dans des cités d'urgence ou des HLM, ils vivaient où ils pouvaient. J'ai découvert il n'y a pas longtemps que certains n'étaient pas gitans du tout, c'était des Espagnols émigrés en Algérie qui au moment de la décolonisation étaient montés dans les bateaux avec les familles de pieds-noirs. Arrivés ici ils n'ont pas eu le statut de rapatriés parce qu'ils n'étaient pas naturalisés, alors c'était plus pratique de décider qu'ils étaient gitans.]

Là où la scène du film a été tournée chaque matin un fleuriste qui s'appelait monsieur Scarbonchi disposait ses jardinières sur le trottoir. Une copine d'école habitait dans une traverse sombre qui permettait de rejoindre la rue en contrebas, le passage est muré aujourd'hui. Elle avait cinq ou six sœurs et un seul frère, je ne sais plus d'où étaient originaires ces gens engloutis dans mes souvenirs.

En ce matin d'avril 2022 j'arpente les lieux et ma mémoire se reconstruit peu à peu. La rue principale est bordée des mêmes petits commerces, boulangeries, tabac, primeurs. Je me souviens du charcutier qui tous les samedis vendait des raviolis frais, je me souviens que le coiffeur était un ancien camarade de classe de mon père, je me souviens du bijoutier d'origine arménienne qui réparait les montres.

Mes cousins et moi avons grandi dans un décor fascinant, une urbanisation élaborée à la va-vite au rythme d'arrivée des différentes vagues d'immigration : des bidonvilles rafistolés, des anciennes cités ouvrières, des barres HLM, de vieux quartiers, des terrains vagues et la mer, immense et immuable, seul élément rassurant dans cette succession d'amoncellements et de ruptures.

Je me demande si cette incertitude géographique a des conséquences sur nous, dans notre perception des choses. En réalité tout ici est incroyable. La zone portuaire comme une installation d'art contemporain à ciel ouvert, l'étrange poésie des containers entassés, les collines écorchées qui dominent l'Estaque et dans les rues tous ces gens venus d'on ne sait où qui se débrouillent, s'organisent, ne repartent plus, prennent racine.

Et les habitants du reste du pays nous regardent de loin, effarés.

Dans le bus :

« Oui mais les Italo-Américains de New York tu en as plein Hollywood alors que les Italo-Français de Marseille franchement dis-moi où ils sont ?

– À Marseille. »

Au début de mon séjour je réfléchis à ce que je dois faire à Marseille et je pense qu'il faut commencer par écrire sur mes grands-parents maternels. Ce sont eux qui me relient à mon cousin Bruno.

Je note d'abord leurs noms : Giacomo Cadeddu et Mariangela Lodde.

Bien.

Et après ?

Ce sont des Sardes de la Barbagia, une région très belle mais extrêmement étrange, du moins à mes yeux. Dans l'Antiquité on l'appelait déjà comme ça : un endroit peuplé de barbares. Les Romains qui avaient colonisé le littoral sarde ont décrit un arrière-pays tenu par une population agressive et ces hauts plateaux ont gardé, peut-être jusqu'à aujourd'hui, une sorte de marginalité. C'est apparemment la dernière région d'Europe de l'Ouest à avoir été christianisée.

J'y suis allée dans la Barbagia, à la recherche des cousins qui me restent. Immensités sauvages, austérité des paysages, de temps en temps un amoncellement de pierres monumentales, vestige d'une mystérieuse civilisation qui était là avant les Grecs. Pas la moindre âme qui vive durant des kilomètres et soudain un village, accroché au sommet d'une colline.

[Il y a quelques années Michaëla, une amie de Toscane qui connaît bien ce coin de Sardaigne – son mari est né au même endroit que ma grand-mère, les hasards de la vie – m'a dit : « Les villages ne sont pas beaux là-bas, tu as remarqué ? » Elle n'a pas tort. Contrairement à certaines régions d'Italie où le moindre hameau est une œuvre d'art, le touriste en visite dans la Barbagia tombe sur des agglomérations plus ou moins délabrées, des constructions en parpaings jamais crépies. Je lui ai rappelé la pauvreté endémique des lieux mais elle a avancé une explication supplémentaire : « Ce sont des bergers. Ça saute aux yeux quand on arrive dans le coin. Les maisons au fond ils s'en fichent, ce n'est pas dans leur culture. »]

Une des rares informations irréfutables que je possède sur Giacomo Cadeddu et Mariangela Lodde tient en peu de mots : ils n'ont pas émigré au même moment ni au même âge. Mariangela est arrivée la première, vers 1910 si mes calculs sont bons. À huit ans elle avait été embarquée d'office à travers la Méditerranée par ses parents et je ne sais pas du tout pourquoi ces jeunes paysans avaient décidé de tenter une telle aventure avec une enfant aussi petite.

– Ils en avaient assez de travailler comme des brutes et s'imaginaient qu'ailleurs ce serait différent ?

– Ils étaient poussés par la faim ?

– Ils s'étaient disputés avec leur famille ?

– Ils avaient besoin de changement ?

Peut-être un peu tout ça à la fois et pour ce que j'en sais ils croyaient que c'était provisoire, qu'ils allaient rentrer un jour tranquillement en Sardaigne – ce qu'ils n'ont jamais fait. L'installation ici ne s'est pas bien passée mais ils sont restés, sans doute parce qu'ils n'avaient pas les moyens de repartir. On m'a souvent raconté que mon arrière-grand-père était furieux. Jusqu'à la fin de ses jours il n'a pas décoléré, sa détestation du pays d'accueil augmentant au fil des ans il a refusé de se faire naturaliser, obsédé par la volonté de continuer à vivre selon les coutumes ancestrales de sa région d'origine il a voulu élever ses filles comme s'il était toujours au village et c'est là qu'il s'est ramassé.

À quinze ans Mariangela rencontre mon futur grand-père Giacomo, un trentenaire qui vient d'arriver à Marseille. Plus exactement de revenir à Marseille, parce que l'histoire de Giacomo Cadeddu ressemble à une légende, un récit initiatique, un conte mythologique.

Il était une fois trois frères : Giacomo, Antonio et Leonardo. Ils avaient quitté leur village du fin fond de la Barbagia pour émigrer en France, puis comme ça ne leur avait pas plu ils étaient rentrés en Italie sans pour autant retourner en Sardaigne, préférant tenter leur chance dans une grande ville industrielle du Nord, Milan si je ne me trompe pas. Mais Giacomo et Leonardo n'ont pas aimé Milan et ils ont eu envie d'essayer les États-Unis. Antonio n'a pas voulu les suivre, il est resté en Italie – et j'imagine les trois jeunes hommes s'étreignant, en larmes: « Adieu mes frères et que les cieux vous soient cléments, moi je reste ici. » Giacomo et Leonardo sont repassés par la France sans aucune intention d'y vivre – ils avaient déjà testé et ce pays ne présentait pas le moindre intérêt à leurs yeux. Leur objectif était de gagner assez d'argent pour pouvoir embarquer sur un transatlantique. Mais Giacomo a croisé Mariangela, la plus jolie fille qu'il avait jamais vue.

Elle était non seulement du même pays que lui, l'Italie, mais à l'intérieur de ce pays elle était de la même région, la Sardaigne, et à l'intérieur de cette région elle était de la même microrégion, la Barbagia. En résumé: le hasard faisait bien les choses. Giacomo en était certain, elle allait l'aider, étant en France depuis longtemps elle pouvait le piloter dans l'inconnu et en échange il lui permettrait de partir de chez ses parents parce qu'elle en avait marre d'eux. Alors adieu New York lui il reste avec Mariangela. Son frère Leonardo a embarqué – et j'imagine les deux jeunes hommes s'étreignant, en larmes: « Adieu mon frère et que les cieux te soient cléments, moi je reste ici. » Giacomo a choisi d'épouser Mariangela et elle a sauté de joie. La suite est plus confuse.

Il est venu faire sa demande en mariage et mon arrière-grand-père l'a mis dehors: où a-t-on vu des jeunes gens décider librement de se marier ? Lui seul, le patriarche, dira qui sa fille doit épouser et quand. Mariangela, quinze ans et demi, a haussé les épaules : « Quand je serai enceinte, vous serez bien obligés de me marier. »

Et quelques mois plus tard elle a annoncé ingénument à ses parents : « Je crois qu'il va falloir me marier. »

[Ma grand-mère paternelle Rose Carlini s'est elle aussi retrouvée enceinte avant son mariage, mais ce n'était pas prévu et elle a épousé mon grand-père Jean Tanette seulement quelques jours avant la naissance de mon père. J'ai longtemps imaginé que l'histoire de mes grands-mères relevait de la normalité pour leur génération. En fait je ne m'étais jamais posé de questions, je croyais que tout le monde vivait comme nous. Et puis en 2003 je produis *À nos aïeux*, une série d'été sur France Culture. J'ai trente-huit ans, j'habite à Paris depuis plusieurs années avec Lucien et nos fils. Pour cette série je demande à des romanciers et romancières de reconstituer le parcours de leurs grands-parents – j'en ai fait un livre quelques années plus tard. Ce travail me passionne, j'écoute mes invités comme si ma vie en dépendait et je prends soudain conscience qu'à l'époque de la jeunesse de mes grands-mères, dans d'autres milieux plus conventionnels, plus bourgeois, disons dans la bourgeoisie franco-française catholique classique, beaucoup de jeunes femmes respectaient scrupuleusement l'obligation d'attendre le mariage pour avoir des relations sexuelles. Je n'y avais jamais pensé et ma surprise est immense.]

Alors voilà mes grands-parents se sont mariés, au consulat italien de Marseille puisqu'ils n'étaient pas encore naturalisés français et dans une petite église en ville que m'a un jour désignée Louise, la sœur aînée de ma mère, une des mémoires de la famille Cadeddu. Elle ne savait pas pour quelle raison ils n'étaient pas allés dans la paroisse de leur quartier. Pendant des années chaque fois que par hasard je passais devant cette église je me demandais pourquoi Giacomo et Mariangela s'étaient mariés là. Jusqu'à ce que je me rende compte qu'elle est située sur le trajet entre le consulat italien et le terminus du tramway qui à l'époque reliait le centre-ville à l'Estaque. Aujourd'hui je peux les imaginer revenant du consulat pour aller prendre le tram, tout contents avec leur certificat de mariage à la main, voilà une bonne chose de faite, et soudain ils voient une église et se disent tiens et si on se mariait à l'église ?

Et une fois mariés ils ont eu onze enfants, deux sont morts tout petits et ils ont élevé les neuf autres du mieux qu'ils le pouvaient, sans aucun doute.

> [Dans tous mes souvenirs les frères et sœurs de ma mère sont des gens adorables mais j'ai du mal à parler d'eux sans les folkloriser. Quand je suis petite ils vivent encore à peu près tous dans le même coin, parfois à une ou deux rues de distance seulement. Le dimanche on mange ensemble et il y a toujours un moment où ils se mettent à parler en italien pour se marrer, ça dure trente secondes, ils se marrent et ils passent à autre chose. Je me souviens de leurs discussions politiques,

j'ai l'impression qu'ils ne se préoccupaient pratiquement que de ça – sinon ils parlaient de la guerre, de la guerre et encore de la guerre. Je me souviens que dans les grands rassemblements, les réveillons par exemple, à la fin du repas ils poussaient les tables et les chaises contre les murs et dansaient, une espèce de surboum improvisée comme quand ils étaient jeunes, mais avec toute une ribambelle de gamins qui dansaient au milieu d'eux.]

Pour autant que je sache Mariangela n'a pas vraiment apprécié de se retrouver enceinte presque chaque année. À ses filles elle disait : « Un jour on inventera un médicament pour que les femmes aient moins de grossesses. »

Vers la fin des années 70 j'ai treize ou quatorze ans et je bois le café chez une grand-tante côté paternel. Elle vit dans une ancienne cité ouvrière pas très loin de mon collège, je lui rends quelquefois visite en sortant de cours. C'est une vieille dame très gentille, son mari est mort depuis longtemps et elle s'ennuie sans doute un peu, toute seule comme ça. On est assises dans sa cuisine et elle me dit : « La pilule c'est la meilleure invention du monde. Quelle chance vous avez ! Et qu'on ne me raconte pas que ça encourage les filles à coucher avec des garçons. Des filles qui couchent avant le mariage il y en a toujours eu, tu n'as qu'à voir dans la famille. Mais du coup maintenant vous n'avez plus peur de tomber enceintes, c'est beaucoup mieux. » Je me souviens de son sourire heureux.

De l'extérieur c'est sans doute difficile de comprendre ce milieu dans lequel j'ai grandi. Je vois bien comment certains compatriotes nous regardent, nous les immigrés économiques et leurs descendants. Comme des populations archaïques, des analphabètes mal dégrossis venus ici dans le seul but de voler le travail des Français. Je vois bien que ces mêmes compatriotes nous considèrent comme intrinsèquement en retard par rapport à ce merveilleux pays qui nous a fait l'honneur de nous accueillir. En réalité nous sommes surprenants, des êtres insaisissables au comportement inattendu. En réalité : nous n'avons rien à perdre et tout à reconstruire.

Au Bar des Amis, un papi parle au patron :
« Je crois que cette fois-ci ils vont m'incarcérer.
– Et pourquoi ?
– Ils m'avaient condamné à une amende pour faux et usage de faux mais c'était le Covid et tout ça, alors j'ai pas payé. Mais là ils viennent de me convoquer.
– Ils t'ont pas prélevé directement sur ton compte ?
– Je vois pas comment ils auraient pu, il y a rien sur mon compte.
– Peut-être qu'ils vont échelonner l'amende, genre tu vas payer un peu tous les mois.
– C'est ce qu'ils avaient proposé, mais comme j'ai jamais payé à mon avis ils vont m'incarcérer.
– Peut-être que ce sera pas pour longtemps.
– J'espère. Dans cinq ans j'aurai quatre-vingts ans, j'aimerais bien les fêter ici avec vous tous. »

Si je tente de mettre de l'ordre dans ce que je sais des Cadeddu, la première chose dont je me souviens à propos de mon grand-père Giacomo c'est qu'il n'a pas été scolarisé. Au lieu d'apprendre à lire il est allé garder des moutons.

En fait il aurait pu aller à l'école, il y en avait une dans son village mais il n'y a passé qu'une matinée. Ma mère m'a raconté cette histoire tant de fois: c'était une école à classe unique et le jour de la rentrée le maître s'est occupé d'abord des plus grands, en demandant aux petits de patienter. Giacomo, sept ans, s'est endormi sur sa chaise et a brusquement été réveillé d'un coup de règle. Il s'est enfui dans la rue, a ramassé une pierre et l'a jetée à la tête du maître par la fenêtre ouverte. Après ça il est rentré chez lui en courant et a annoncé à sa mère que jamais de la vie il ne retournerait dans un endroit pareil. Elle lui a répondu qu'alors il deviendrait berger.

Fin de l'histoire.

Il paraît que cinquante ans plus tard il n'en démordait toujours pas : c'était le maître qui était en tort.

Il y a sans doute quelque chose de fondateur dans cet incident, sinon on ne me l'aurait pas autant raconté. J'en ai retenu qu'il ne faut jamais se laisser faire, et par aucune autorité.

[On a toujours été très à cheval là-dessus il me semble, et nombreux dans cette famille à être capables de monter dans les tours de manière totalement incontrôlée si on a la sensation que nos droits ne sont pas respectés. Je peux me souvenir de mille exemples où l'un d'entre nous – oncle, tante, cousin, cousine et moi la première – est entré dans une colère délirante devant une injustice. Je croyais ce trait de caractère lié à notre situation de descendants d'immigrés, en réaction à ce qu'il nous avait fallu endurer à notre installation ici. Mais peut-être que c'était là avant notre départ, et peut-être même que c'est justement ce qui nous a poussés à quitter notre pays d'origine et la vie qu'on avait là-bas.

Et une autre anecdote que ma mère m'a plusieurs fois racontée me revient en mémoire. D'après mes calculs elle se passe un peu avant ma naissance : des cousins plus âgés que moi, trois frères dont deux encore mineurs, volent la voiture d'un voisin et l'abandonnent dans un terrain vague – ils voulaient juste récupérer des pièces. Les flics viennent les cueillir, je ne sais plus comment ils se sont fait pincer, je crois que le propriétaire de la voiture avait compris qui étaient les coupables et prévenu la police. Ils sont embarqués. Leur mère, une des sœurs de ma mère, rentre le soir après sa journée de travail et ne trouve pas ses garçons qu'elle élève seule. Elle attend, s'inquiète, attend encore. Toute la nuit. Au matin ma mère lui rend visite par hasard, on habitait juste à côté, et trouve sa sœur effondrée qui ne sait toujours pas où sont ses fils, elle n'a eu aucune nouvelle. Ma mère se renseigne alentour, devine ce qui s'est passé, file au commissariat. Ses neveux sont bien là, ils ont passé la nuit au poste. Ma mère fait un scandale. D'accord ces garçons ont mal agi mais les flics n'avaient aucun droit de les garder sans prévenir personne. Le commissaire tente de minimiser l'affaire et de tourner ça en plaisanterie pour amadouer ma mère qui ne décolère pas, et il libère les trois garçons. Des années plus tard ma mère répétait : « Ils n'avaient pas le droit. » Elle avait raison. Et moi je me demande encore aujourd'hui pourquoi depuis toujours la police se met délibérément dans l'illégalité auprès de ces populations, comme si ça n'avait aucune importance. Ou comme si nous n'avions aucune importance.]

Et voilà comment mon grand-père Giacomo est devenu berger. Quand j'étais toute petite il m'a un jour raconté à quoi ressemblait sa vie quand il dormait dans une cabane en pierres aux côtés des moutons. Il parle en italien, je ne comprends pas tout et ma mère traduit au fur et à mesure, « il te dit que ». Et il continue sans me regarder à décrire les immensités sardes où enfant il errait sans fin avec son troupeau. Je ne sais pas pourquoi il a tenu à me raconter tout ça.

Quarante ans plus tard je passe l'été sur une île croate, dans un port minuscule loin de la foule. Avec Lucien on a loué un cabanon planqué dans une crique, un grand pin nous fait de l'ombre et nos garçons occupent leurs journées à plonger depuis le ponton. On ne voit personne de toutes les vacances, il n'y a pas d'électricité, on se lève aux aurores et on lit tout le temps. Je sens que l'endroit me ramène à quelque chose mais quoi ? Là-bas je commence à écrire ce qui est devenu *Amalia Albanesi*, mon premier roman publié.

Un jour on va au village pour visiter le petit musée municipal où il y a une expo consacrée aux cabanes de bergers. De grandes photos en noir et blanc montrent des abris de pierres sèches ramassés sur eux-mêmes, indifférents au temps qui passe. Il est écrit que ce type d'édifices est répandu partout en Méditerranée, la technique de construction s'étant diffusée depuis l'Antiquité au rythme du développement de l'élevage ovin. Et d'un coup j'ai devant les yeux mon grand-père Giacomo assis à la table de la salle à manger qui parle sans me regarder, moi debout qui l'écoute, ma mère qui traduit. J'essaie d'expliquer à mes garçons qu'à leur âge mon grand-père berger surveillait son troupeau dans les collines et dormait dans une de ces petites cabanes qu'ils peuvent admirer sur les photos.

À la terrasse du Bar des Amis un homme encore jeune, la trentaine :

« Moi ma femme elle me gonfle. Quand on sort le dimanche il faut toujours qu'il y ait sa mère ou sa sœur avec nous. J'en peux plus. Quand tu vois les efforts que j'ai faits pour sortir de la délinquance, tu te souviens ces conneries de quand j'étais jeune, j'ai réussi à tout arrêter mais je ne savais pas que ce serait pour avoir cette vie de merde. J'en ai marre. »

Giacomo et ses frères ont été orphelins de père assez jeunes, leur mère s'est remariée et elle a eu une petite fille mais comme ils ne supportaient pas leur beau-père ils ont décidé d'émigrer. Ça on ne l'a appris que très tard parce que mon grand-père n'a jamais parlé à ses enfants du remariage de sa mère. Il a juste dit que son père était mort et un jour avec ses frères tiens et si on émigrait ?

Au milieu des années 70 avec mes parents on a pris le ferry pour la Sardaigne et on a avalé je ne sais combien d'heures de route dans les immensités inhospitalières de la Barbagia jusqu'au village des origines – dans la famille personne n'y était jamais allé. Arrivés là-bas on s'est garés sur une petite place, ma mère est allée parler à des femmes toutes vêtues de noir et fichu serré sur la tête et elle leur a parlé en sarde, je n'en reviens toujours pas. Elles nous ont conduits chez la fille de la petite sœur (demi-sœur, en fait) de mon grand-père Giacomo. Elle nous a reçus dans sa maison et nous a expliqué ce qui n'avait jamais été raconté : les trois frères sont partis parce qu'ils étaient furieux.

Bien plus tard j'ai vingt-six ou vingt-sept ans et avec Lucien on va passer des vacances en Sardaigne. Je nous revois en train de traverser bravement la Barbagia à bord d'une petite Fiat de location. Des oliviers tordus dans leur souffrance muette, des cailloux et encore des cailloux, des moutons qui grignotent les brindilles, des nuraghi comme d'angoissants vestiges abandonnés par un peuple de géants et enfin le petit village accroché à sa colline. Je parle avec Francesca, une descendante de la petite sœur (en fait demi-sœur) de mon grand-père. Francesca a le même âge que moi et il y a quelque temps on s'est retrouvées sur Facebook, au printemps 2020 elle m'expliquait la situation de la pandémie en Italie. Bref, quand je la rencontre pour la première fois dans les années 90 Francesca me dit qu'effectivement cette femme racontait qu'enfant elle avait trois grands frères et un jour ils ont émigré. Ils ont dit au revoir à leur mère puis à elle et ils sont partis. Elle a vite couru jusqu'au bout de la place de l'église pour les voir une dernière fois. On me montre l'endroit. C'est un belvédère au-dessus de la route qui descend en lacets vers la vallée. La petite fille a regardé ses grands frères s'éloigner jusqu'à ce qu'ils disparaissent après le dernier tournant.

Par la suite elle n'a jamais eu la moindre idée de ce qu'ils étaient devenus. Quand elle parlait d'eux à ses enfants elle ne savait pas si ses frères étaient vivants ou morts, s'ils avaient réussi à quitter le pays ou pas, s'ils se trouvaient en France, aux États-Unis, en Australie ou en Argentine, puisqu'ils n'avaient jamais daigné donner de leurs nouvelles.

[Après la guerre un de mes oncles alors jeune adulte a dit un jour à mon grand-père : « Si tu veux on peut envoyer une lettre à ta famille restée au village. Tu me dictes et moi j'écris. » Haussement d'épaules agacé de Giacomo, un « pour quoi faire ? » rageur lâché comme ça. Personne par la suite n'a plus jamais osé lui en reparler.]

Francesca raconte et j'oublie. Pendant des années j'oublie. Et puis en 2019 j'écris *Maritimes.* Le narrateur de ce roman est un vieux pêcheur immobile sur une île perdue en Méditerranée. Ni lui ni ceux qui l'entourent ne sont des îliens de souche, ils sont venus du fond de la mer où depuis toujours vivent les créatures marines. À la fin du livre il confie : *Comme tous les pêcheurs de l'île, je ne sais plus quel âge j'ai. Moi je dirais : au moins trois mille ans. Je me souviens parfaitement quand, avec mes frères, nous avons décidé de quitter les profondeurs. Les créatures marines nous appelaient mais nous avons refusé de les écouter.*

J'écris ces quelques lignes et je pleure. Pendant des jours je pleure. Parfois je suis devant mon ordi en train de travailler, je pense à ces phrases et je pleure. À d'autres moments je vais les relire juste pour vérifier, je les vois et je pleure. Le vieux pêcheur raconte que tant d'années après les créatures marines continuent à les appeler chaque soir. Sur l'île ils peuvent entendre leurs cris déchirants, depuis trois mille ans elles attendent leur retour. Et je pleure.

Jusqu'au jour où tout d'un coup je me souviens de ce que m'a raconté Francesca : les trois grands frères qui disent adieu à leur mère et à leur sœur, la petite fille qui court jusqu'au bout de la place du village, les suit des yeux jusqu'à ce qu'ils disparaissent et n'aura plus jamais de leurs nouvelles. Alors j'arrête de pleurer. Il aura fallu cent ans mais désormais cette histoire est écrite.

Jour de marché à l'Estaque, devant un étalage de savonnerie artisanale.

Deux cagoles de soixante-dix ans, du genre on ne lâche rien, cheveux décolorés bagues à chaque doigt ongles vernis. L'une interpelle le vendeur : « C'est quoi cette histoire ? Pourquoi un de tes savons s'appelle Marine ? » Le vendeur s'excuse, il n'y peut rien, c'est un savon aux senteurs iodées, ça s'est toujours appelé comme ça. La cagole lui tend des sous :

« Tiens je te l'achète. Écoute-moi bien, je te l'achète et je vais aller me laver le cul avec. »

Je suis allée me promener dans le quartier où ont vécu mes grands-parents maternels, un lieu improbable sur les hauteurs de l'Estaque d'où la vue sur la mer laisse sans voix. Il y avait des usines par là, elles ont toutes été détruites et selon les gens d'ici le terrain est trop pollué pour que de nouvelles constructions soient possibles. C'est une immense zone dévastée qui donne l'impression de cheminer dans un film post-apocalyptique.

Les usines ont été rasées mais quelques vestiges subsistent et je les ai parcourus en touriste, comme si j'étais en train de visiter des ruines romaines.

Je me suis souvenue d'un jour où j'avais interrogé ma mère sur la façon dont les Cadeddu et leurs voisins se débrouillaient pendant les grandes grèves, celles des années 30, de 1947 ou de 1950. Tous ces jours sans salaire quand on a autant d'enfants et pas la moindre économie, comment on fait ? Ma mère m'avait expliqué que la CGT organisait des distributions de nourriture – on pouvait aller chercher des paquets de pâtes. « Et puis les hommes cultivaient des carrés de blé dans les terrains vagues. »

Je lui avais demandé de répéter et elle avait répété : en prévision des grèves les hommes semaient du blé dans les terrains vagues et les femmes fabriquaient une espèce de gruau – c'est le mot qu'elle avait employé – pour nourrir les enfants.

Je n'ai jamais su quoi faire de cette histoire. Il y a comme ça toutes sortes d'anecdotes que je n'ai jamais réussi à intégrer dans un roman, freinée sans doute par la crainte d'être accusée de misérabilisme. Cela dit moi-même je ne sais que penser. Je suis perplexe devant l'obstination de ces gens, admirative devant leur capacité à résister et un peu désolée que ma génération ait lâché l'affaire. En tout cas j'étais émue quand en parcourant les lieux je me suis retrouvée devant une vaste esplanade au-dessus de la mer. J'ai imaginé ces ouvriers, pour affronter le patronat ils retrouvaient des gestes qui leur étaient familiers quand ils étaient encore dans leur pays natal.

Avec ses logements anciens imbriqués les uns dans les autres, escaliers, portes en fer, jardins tenus tant bien que mal et délimités par des parpaings, ce quartier où ont vécu les Cadeddu a quelque chose d'un village qu'on aurait tenté de créer avec les moyens du bord.

[Il y a très longtemps j'étais allée interviewer chez lui dans la banlieue parisienne Jean Delabroy, l'auteur de *Pense à parler de nous chez les vivants*, où il racontait son installation au-delà du périph. J'étais arrivée en RER et il m'avait emmenée visiter les rues décrites dans son livre, me faisant remarquer combien les gens s'étaient évertués à rendre beau et habitable un endroit qui ne l'était pas. J'ai repensé à notre conversation en me promenant dans ce coin reculé de Marseille. Ici et là quelqu'un avait disposé des pots de fleurs ou soigneusement peint des volets en bleu.]

Juste après cette balade je me suis installée dans un bistrot sur le port de l'Estaque pour jeter un coup d'œil aux réseaux sociaux – le monde littéraire parisien continuait sa course folle et je suivais ça de loin. On était à deux jours du premier tour de l'élection présidentielle et quelqu'un à la table voisine se plaignait de ne pas avoir reçu les professions de foi. J'ai depuis quelque temps l'impression de vivre dans un pays dont le fonctionnement s'est grippé. Je me souviens du délire écœurant des années Tapie, je vivais encore à Marseille et c'était dans l'air du temps de tourner en ridicule les sceptiques dans mon genre, on était vus comme des arriérés obtus et imperméables à toute modernité puisque la modernité, à l'époque, c'était le libéralisme.

Depuis il y a eu toutes sortes d'événements bizarres. Chirac qui en 1995 promet de s'attaquer à la fracture sociale et des gens le croient. La création d'un ministère de l'Immigration et de l'Identité nationale en 2007 – je ne trouve pas les mots pour expliquer ce que ça m'a fait. J'étais chez moi à Paris j'ai entendu la nouvelle à la radio et le lendemain quand je suis sortie c'était comme si les arbres, les maisons, ma rue entière n'avaient plus les mêmes couleurs. Je me souviens avoir téléphoné à des amis marseillais – « ils ont créé un ministère de l'Identité nationale. » Il n'y avait rien à en dire et on n'en disait rien, juste partager avec eux ce silence, mais l'événement a constitué une étape, au fond on ne savait pas qu'on était dans un pays qui pouvait nous faire ça.

Ensuite en juillet 2010 le discours de Grenoble où pour la première fois j'ai vu noir sur blanc l'expression « déchéance de la nationalité française ». Je suis sur le port de Bari ce jour-là, en Italie du Sud, c'est avant les téléphones intelligents qui nous connectent aux infos en permanence et j'ai miraculeusement trouvé un exemplaire du *Monde* dans un kiosque de la via Sparano. Je m'installe en terrasse, toute contente j'étale le journal devant moi et je découvre l'article qui détaille les propos de Sarkozy : *La nationalité française doit pouvoir être retirée à toute personne d'origine étrangère qui aurait volontairement porté atteinte à la vie d'un fonctionnaire de police ou d'un militaire de la gendarmerie ou de toute autre personne dépositaire de l'autorité publique*. Et pourquoi pas à toute personne d'origine française qui ferait la même chose ? est sans doute la première question qui m'est venue à l'esprit.

Quelques années plus tard François Hollande reprend l'idée, ben voyons, et dans le deuxième quinquennat Macron c'est carrément la remise en question du droit du sol, un vieux fantasme réac qui jusqu'alors m'avait surtout fait marrer. L'extrême droite à plus de 30 % aux Européennes de juin 2024 et l'annonce de la dissolution de l'Assemblée qui matérialisent ce qu'on savait au fond depuis longtemps : les libéraux nous mènent à la dictature. Le stress des semaines suivantes, des sujets aux infos révélant la xénophobie décomplexée de Français triomphants qui s'imaginent déjà mettre au pas tout le pays, puis soudain les résultats du second tour et c'est bon le pire est évité, va savoir jusqu'à quand.

Dans le bus :

« Oui mais mon mari il est né en France, il se rend pas compte de ce que ça a été, pour moi. Mais je me suis débrouillée, j'étais pas illettrée quand je suis arrivée d'Algérie et c'est moi qui ai eu l'idée d'aller chercher du travail après notre mariage. Si j'avais dû compter sur lui, jamais j'aurais avancé comme j'ai avancé. Quand je lui dis ça le vexe. »

En cherchant dans le parcours de ma famille des éléments qui auraient pu être déterminants dans nos vies j'ai tout de suite pensé aux grandes grèves d'après-guerre. Durant mon séjour à l'Estaque j'ai essayé de rassembler ce que je savais sur ces événements qui ont enflammé Marseille de 1947 jusqu'au début des années 50 : des syndicats débordés par les jeunes des quartiers, comme on ne les appelle pas encore, une situation de presque-insurrection, le slogan « On ne peut plus vivre » en 1947, le quartier de l'Opéra mis à sac par les manifestants, la mairie protégée par l'armée, un jeune homme abattu par des flics à l'Estaque et l'opposition à la guerre d'Indochine en 1950.

Sur la façon dont on a vécu ces grèves chez les Cadeddu je retiens deux histoires.

La première est terriblement banale et on ne me l'a racontée qu'une fois : mon grand-père annonce à ses camarades qu'il doit reprendre le travail car il n'a plus de quoi vivre. L'épisode se résume en une phrase et vu de l'extérieur il ne doit pas être si terrible. Toute la violence du système est pourtant là : dans cette faculté du patronat à faire porter aux plus pauvres la responsabilité de terminer une action.

La seconde je crois qu'elle date de 1950, année d'une lutte interminable dans laquelle se sont jetés les ouvriers et les ouvrières de ce genre de quartier. C'est Louise, la sœur aînée de ma mère, qui me l'a racontée. Elle dit comme ça dans une conversation : « Le jour où ils ont essayé de tuer Romulus ». Je lui demande de quoi elle parle et elle explique. Mon oncle Romulus était responsable CGT de l'entreprise de transports qui l'employait. Un soir après avoir tenu un piquet de grève Romulus rentrait chez lui sur sa moto quand une voiture lui a foncé dessus. Il a été percuté de plein fouet et le conducteur a redémarré aussitôt en le laissant pour mort.

Je cherche des infos. À l'époque mafia et pouvoirs publics travaillaient apparemment main dans la main pour casser les grèves qui dérangeaient les patrons autant que les trafiquants perturbés dans leurs affaires par le blocage du port. Il fallait mettre hors d'état de nuire les syndicalistes les plus engagés.

Je demande à Louise pourquoi Romulus n'a pas porté plainte et elle rit de ma naïveté : « On savait que c'était dangereux de faire grève. »

[Reste une scène que j'ai probablement en partie inventée. Elle figure dans un roman que je ne publierai sans doute jamais où je voulais raconter l'épopée d'une famille d'immigrés italiens dans les quartiers nord de

Marseille (quelle originalité). Mon oncle Romulus se lève tant bien que mal, ramasse sa moto, rentre chez lui en la poussant, s'assoit dans la cuisine et sa femme en larmes essuie son visage ensanglanté.]

Pour ce que j'en sais en ce temps-là dans le quartier tout le monde ou presque avait la carte de la CGT : personne ne peut imaginer avoir traversé la Méditerranée pour se laisser marcher sur les pieds. Je me souviens d'une conversation au téléphone avec ma tante Louise. On doit être en 2008 ou 2009, je m'en souviens parce que juste après m'avoir demandé comment je vais elle se met à dire tout le mal qu'elle pense de Sarkozy. Je suis en train de travailler sur ce roman qui ne verra jamais le jour, je lis tout ce que je trouve à propos des grèves de 47 et je ne trouve pas grand-chose. J'imagine ces ouvriers bravement mobilisés contre le capitalisme galopant qui les broie et je me demande comment mon grand-père s'est politisé. Il ne pouvait pas lire un tract ni un journal et encore moins un livre, alors qui lui a parlé de la prise du palais d'Hiver ? Est-ce qu'à l'époque le Parti (dans le quartier on ne disait pas le Parti communiste on disait le Parti comme s'il n'y en avait qu'un) organisait des formations orales et dans les langues d'origine pour ceux qui venaient de descendre du bateau ? Au téléphone je calme Louise qui peste contre Sarkozy et je lui demande :

« Comment il a fait ton père pour avoir une formation politique ?

– Quelle formation ? On était à la CGT, on votait à main levée et on votait tous pareil, pas besoin de formation. »

Extrait du roman que je ne publierai sans doute jamais

Quand j'étais encore un petit garçon, souvent le dimanche à la maison c'était le grand rassemblement. Tout au long de la matinée débarquaient des frères et sœurs de mes parents – ils étaient onze chez mon père et neuf chez ma mère et tous avaient plusieurs enfants, aussi ça faisait vite du monde. En bons derniers les parents de ma mère surgissaient dans la confusion générale, s'excusant mollement d'être encore une fois en retard et leur sans-gêne ulcérait mon grand-père paternel. Sauf que lui, comme le faisait remarquer vertement ma mère en aparté, lui ne risquait pas d'être en retard puisqu'il habitait sur place.

Les hommes servaient l'apéritif pendant que les femmes préparaient le repas et puis on prenait place au hasard autour de la table, dans cette agitation bruyante et bon enfant qui à mon avis caractérise beaucoup d'entre nous, les Français issus de l'immigration, comme les journaux nous appellent.

Moi je m'asseyais sur les genoux de l'un ou de l'autre, ma mère, ma grand-mère Délia ou César, mon oncle préféré. Je n'aimais rien tant que les écouter raconter leurs histoires. Puis je suis devenu un ado, grande gueule comme beaucoup dans cette famille et j'ai pris ma place dans les conversations. Et maintenant? Maintenant ils sont tous morts, ou presque. Mais je peux me souvenir.

Les parents de ma mère, Giancarlo et Délia, étaient des Napolitains pur jus, expansifs, drôles malgré eux et totalement dingues. Est-ce qu'il faut être dingue pour un jour sauter dans un bateau et traverser la Méditerranée? À mon avis ça aide.

Mon grand-père Giancarlo se plaignait de sa femme à longueur de jour: «J'aurais dû la laisser à Naples.» Délia râlait parce que c'était grâce à elle s'ils avaient réussi à quitter l'Italie, elle l'a toujours dit: «J'ai été obligée de le porter jusque dans le bateau.» Alors quand j'étais petit j'imaginais Délia en train de hisser pépé Giancarlo sur le paquebot, Délia racontait ça très bien, Giancarlo haussait les épaules mais, je m'en souviens, ne démentait jamais.

Giancarlo et Délia se sont toujours sentis infiniment supérieurs à mes grands-parents paternels. La famille de mon père venait de Basilicate, d'un village d'arriérés où on en était encore à traire les chèvres, alors que Giancarlo et Délia étaient d'authentiques citadins. De Naples, certes, mais tout de même. «Ne vous plaignez pas», leur a paraît-il dit ma mère le jour où elle leur a annoncé qu'elle comptait épouser mon père, beau comme un prince arabe, c'est vrai, mais né dans une famille des alentours de Pisticci-di-Lucania.

Au début des années 60 à Marseille ça ne se faisait plus tellement d'imposer un mari à sa fille, Giancarlo et Délia le savaient, ma mère leur aurait ri au nez. Ils pouvaient donc faire une croix sur toutes les familles napolitaines du quartier avec qui ils avaient pensé nouer une alliance. Délia s'était tout de même permis une remarque: tant qu'à prendre autre chose qu'un Napolitain ma mère aurait pu préférer un garçon qui ne soit pas originaire de cette région perdue: «Je ne sais pas, un Toscan par exemple.» Et ma mère avait paraît-il répondu: «Ne vous plaignez pas, j'aurais pu choisir un Sicilien.» Alors Délia s'était caché les yeux dans ses mains.

Et puis il y a eu Mai 68.

En 2017 je suis rentrée à Marseille pour l'enterrement de ma mère et j'ai revu mon père. Il ne m'a pas reconnue. Je lui ai dit : « C'est normal, tu ne m'as plus vue depuis trente ans », et ça l'a fait rire. J'étais arrivée de Paris par le TGV du matin, je repartais le soir et j'avais une heure à passer avec lui, pas plus. Je lui ai demandé : « Qu'est-ce que tu as fait en 68 ? » Je voulais entendre une dernière fois cette histoire et vérifier que je n'avais pas tout inventé.

Alors il a raconté.

En 68 mon père et ses copains avaient monté un soviet de quartier et ils n'étaient sans doute pas les seuls dans cette partie de la ville à penser que la révolution approchait : toutes les usines étaient en grève et plus rien ne fonctionnait. Le 29 mai de Gaulle s'étant délocalisé à Baden-Baden c'était le moment de s'emparer du pouvoir. Tout le monde avait en tête la prise du palais d'Hiver, si à Moscou ils y étaient arrivés pourquoi pas ici ? C'était sûr, le Parti était en train de s'organiser.

Alors mon père m'a raconté que dans la soirée il a rejoint d'autres hommes du quartier et des quartiers avoisinants dans une salle de réunion du PC. Ils étaient assez nombreux, rassemblés là à attendre les ordres pour aller prendre la préfecture. Ils ont attendu toute la nuit avec des fusils et des armes de poing mais les ordres ne sont pas arrivés alors ils sont rentrés chez eux. Ce n'était pas le genre à l'époque de bricoler une fusillade entre copains.

Il a ajouté : « Aller comme ça avec les autres et attendre, moi je ne l'ai fait que deux fois. En Mai 68 et aussi quand l'URSS a écrasé le printemps de Prague. »

Je n'en avais jamais entendu parler. Ils croyaient quoi ? Que les chars soviétiques allaient poursuivre leur chemin jusqu'à Marseille et qu'il fallait aller les accueillir sur la Canebière avec des applaudissements ? « Mais non, on craignait qu'en représailles le siège du journal communiste soit attaqué. »

Si j'ai bien compris, il y a sans doute eu d'autres nuits comme ça, désormais englouties dans les souvenirs des gens du coin.

Ce jour-là mon père a continué un peu à me raconter 68. Il n'a rien dit du mouvement étudiant et des barricades dans le Quartier latin, ça devait pourtant passer à la télé mais peut-être qu'avec ses copains ils n'y ont pas tellement prêté attention. La réalité pour eux était autre, et il a parlé avec une colère toujours vive des accords de Grenelle. La fin d'une révolution que de ce côté du pays on estimait possible – et souhaitable. Je me souviens des conversations du dimanche avec les frères de ma mère quand j'étais petite. Il ne décolérait pas. Bien sûr qu'on aurait dû prendre le pouvoir en 68. « On avait un boulevard devant nous. » J'adorais cette expression : avoir un boulevard devant soi.

Dans le quartier des anciennes usines sur les hauteurs de l'Estaque, une dame sur son balcon discute avec un monsieur debout dans la rue.

« J'ai besoin d'un bureau pour poser mon ordinateur dessus.

– Tu n'as qu'à acheter une planche et deux tréteaux. »

Le dimanche du premier tour de la présidentielle Samira est venue déjeuner avec moi à l'Estaque. Je connais Samira depuis que j'ai dix ans : on était ensemble au collège, au lycée, en fac de lettres et elle est aujourd'hui ma plus vieille amie sur Terre. Samira possède le calme qui m'a toujours fait défaut.

Il faisait beau. On s'est installées en terrasse sur le port puis on s'est promenées dans le quartier et comme toujours on n'a pas arrêté de parler. Voilà longtemps qu'on n'avait pas pris un moment pour discuter sans compagnons ni enfants. J'ai pris des nouvelles de ses frères et sœurs, ils sont onze en tout et étant l'aînée elle leur a plus ou moins servi de seconde maman, certains sont beaucoup plus jeunes qu'elle. Samira est parvenue à tout concilier, vivant sa vie comme elle l'entendait tout en ménageant du temps pour eux. Je me souviens d'elle quand on était ados. Indépendante et obstinée.

Notre promenade s'est peu à peu chargée d'émotion. Avant d'obtenir un appartement en HLM près du collège où on s'est connues, ses parents en arrivant d'Algérie avec elle toute petite ont vécu exactement où habitaient mes grands-parents maternels, dans le quartier des usines.

[Et d'ailleurs ils ne me semblent pas si différents, ces immigrés économiques sardes ou kabyles. Des paysans jamais sortis de leurs collines qui un jour prennent un bateau, tombent dans le même quartier, occupent les mêmes emplois, et font onze gamins.]

On a visité les lieux, Samira se souvenait des noms de rue mais ne reconnaissait rien, et pour finir on s'assoit sur un banc avec vue sur la mer et elle me raconte ce qu'elle ne m'avait jamais raconté.

À la fin du CM2 la directrice de l'école primaire a voulu l'orienter en 6e transition, cette section où comme son nom l'indique on parquait des gamins en attendant de les envoyer en CAP dès la 4e (mon père a enseigné pendant des années dans ces classes-là, je me souviens très bien de ce que c'était). Heureusement son institutrice s'y est opposée, remarquant que Samira était trop bonne élève pour être sortie du système général – elle était la première de sa classe. Voilà comment elle est arrivée dans la 6e normale où on s'est rencontrées. Samira me confie avoir découvert tout ça après le bac, en récupérant son dossier scolaire. Elle a vu noir sur blanc la proposition de la directrice et l'opposition de l'instit.

Samira en 6e transition. Je suis scandalisée et je le lui dis: « C'est du pur racisme. » Elle me répond: « Exactement. »

Son frère Idir a eu moins de chance. Samira me rappelle qu'il était super fort en maths, bien plus qu'elle, puis ado il s'est passionné pour la philo – de ça je me souviens: elle lui prêtait les livres de Camus et de Sartre qu'on étudiait au lycée puis en fac. Mais à onze ans il avait été orienté en transition et deux ans plus tard il partait en CAP mécanique.

Samira me dit: « Tu ne te rends pas compte. »

C'était un dimanche de premier tour d'élection présidentielle. Le temps était superbe à l'Estaque, on était assises sur un banc au soleil et Samira racontait. À 20 heures on a tous appris que l'extrême droite avait accédé au second tour. Et qu'elle pouvait gagner.

Dans la rue :
« Oui mais ton patron il te jette il te paye même pas. »

Je relis ce que j'ai écrit sur les Cadeddu et une évidence me saute aux yeux :

– Le père de ma grand-mère Mariangela ne comptait pas rester en France. Il était furieux de se retrouver coincé ici.

– Mon grand-père Giacomo ne comptait pas rester en France. Il est venu avec ses frères, puis comme ça ne leur plaisait pas ils sont partis en Italie du Nord, puis ils sont revenus à deux mais seulement pour gagner de quoi s'exiler aux États-Unis. Son frère l'a fait et s'est installé à New York. Pas mon grand-père qui a épousé ma grand-mère.

Je me reconnais dans leur incertitude, cette façon de ne jamais vraiment trouver sa place. Et je me souviens de mon énervement, c'était surtout dans les années 80 il me semble mais encore aujourd'hui parfois on peut les lire, ces unes de magazines aux titres dégoulinants, « Ils ont choisi la France », illustrées de photos d'artistes ou d'écrivains nés à l'étranger et installés ici. L'idée de choix m'a toujours mise en fureur, même si elle concerne sans doute une partie de l'immigration, mais laquelle ? Chaque fois je me dis : Ça vous ferait plaisir, hein ? Ou encore : Et même s'ils n'ont pas choisi, qu'est-ce que ça peut faire ? Ou aussi : Et pourquoi on aurait dû choisir ?

Durant l'automne 2021 j'ai lu *L'Étrangère* de Claudia Durastanti, un texte autobiographique où la romancière italienne raconte l'histoire de sa famille maternelle. Tout commence par son arrière-grand-mère qui émigre en Argentine, traverse le continent jusqu'au Mexique où elle épouse un compatriote, puis ils rentrent en Italie et ont leurs enfants. À la génération suivante les grands-parents de Durastanti partent pour les États-Unis avec leurs fils mais laissent à Rome dans un institut spécialisé leur fille sourde (la future mère de la romancière). Devenue majeure celle-ci se marie avec un jeune homme sourd lui aussi et tous deux s'installent à New York. Ils divorcent quelques années plus tard et elle rentre en Italie avec ses deux enfants, la petite Claudia et son frère, pour s'établir dans le sud de la Péninsule. Une fois adulte Claudia Durastanti vit pour un temps à Londres avant de revenir à Rome.

En février 2022 Durastanti est invitée en France et on me propose d'animer une rencontre publique avec elle – quelques mois plus tôt j'ai écrit dans les *Inrocks* combien j'aimais son livre. Durant notre conversation je lui fais remarquer qu'avec ce roman elle remet en question pas mal de clichés sur l'immigration italienne aux États-Unis, selon lesquels les Italiens partis là-bas sont devenus Américains dans un seul mouvement. L'histoire de sa famille est bien plus complexe, faite d'allers-retours successifs. Durastanti m'a répondu : « Je ne décris pas une émigration conventionnellement romantique née de la nécessité, dans un sud de l'Italie pauvre, d'aller aux États-Unis. Je viens d'une lignée d'émigrés par accident. Et pour moi c'était intéressant d'imaginer un nouveau discours sur l'émigration. Car en regardant l'histoire de ma famille, je m'apercevais que ce n'était pas seulement une émigration liée à la pauvreté et à la nécessité. Je voulais parler du désir, alors que souvent quand on parle de migration on parle d'urgence, de besoin. Celle qui naît du désir apparaît comme liée à ma génération. Je voulais renverser un peu ce discours. »

Au fond c'est ça l'idée : il est temps pour nous, les immigrés économiques et leurs descendants, de prendre en charge notre narratif.

À la supérette :

« *Spassiba !* »

Durant mon séjour à Marseille bien souvent je ne me suis pas écartée des quartiers nord, certains jours je ne dépassais même pas les limites de l'Estaque, je travaillais au bistrot ou j'allais sur la jetée regarder les porte-containers s'éloigner à l'horizon. Au bout d'un moment je me suis enfin décidée, j'ai rejoint l'autre bout de la ville et je suis revenue par le boulevard de la Corniche. Mon bus n'avançait pas à cause des embouteillages et j'ai passé une heure dans un décor d'une beauté stupéfiante. Souvenirs de retours de baignades quand on était ados, la plage du Prophète – éclats de rire, nos sacs de toile avec nos serviettes dedans.

Arrivée au Vieux-Port j'ai rejoint à pied la place de la Joliette, ce quartier des docks qui marque une frontière avec la zone nord. Là débarquent les ferries d'Algérie et de Corse, puis sur des kilomètres s'étale le port de marchandises où stationnent des cargos chargés de citrons de Sicile et de vêtements fabriqués en Chine, un espace immense qui n'appartient qu'aux dockers. J'ai pris le bus 35 qui m'a ramenée à l'Estaque en suivant un front de mer qui n'a plus rien de touristique, une suite de hangars, de mystérieux bâtiments plus ou moins à l'abandon, d'habitations délabrées.

Le chauffeur roulait à tombeau ouvert et le bus était bondé. Une fille maquillée comme une instagrameuse s'est disputée avec un homme qui refusait de fermer une fenêtre. Tout le monde s'en est mêlé et dans l'ensemble les voyageurs étaient d'accord avec le monsieur. La fille a crié : « Chauffeur, il n'y a que des imbéciles dans votre bus. » Je n'ai jamais compris comment démarrent ces engueulades qui peuvent enflammer un autobus entier et s'arrêter tout aussi soudainement. D'un coup le calme est revenu et personne n'a plus fait attention à cette fille qui est descendue à un arrêt isolé. Il y a comme ça le long du littoral deux ou trois abribus posés au milieu de rien, les cités sont plus haut et les gens doivent marcher pour les rejoindre. Autour de l'arrêt de bus il y a des entrepôts, un garage de voitures d'occasion, des containers entassés dans un terrain vague et en face, la mer.

En 2015 est sorti en France *L'Italie entre chien et loup* de Rosetta Loy, où la romancière italienne recense toutes les morts brutales attribuées à la mafia durant les années 70 et 80. Le chapitre consacré à l'année 1975 s'ouvre sur la description d'*un petit terrain de football du littoral au sud de Rome : une sorte de lande désolée avec quelques constructions basses et des routes au goudron défoncé, longées de larges flaques boueuses.* C'est ici qu'on a retrouvé le corps sans vie de Pasolini.

J'admire la maîtrise de Rosetta Loy pour décrire une Méditerranée inconnue des touristes. Qui saura raconter le décor où mes cousins et moi nous avons grandi ? Ce sont des lieux que je ne retrouve à peu près jamais dans la littérature française. Nous manquons sans doute de représentation.

[En 1973 j'ai huit ans et au journal télévisé on diffuse un sujet sur César – le sculpteur. Debout dans une casse automobile il désigne une épave qui instantanément est soulevée par une grue. Elle tombe dans une presse et quand elle en sort c'est autre chose, un parallélépipède de métal broyé. Alors l'artiste fait un geste pouce levé pour montrer qu'il est content. C'est la première fois que je vois une compression de César. J'ai huit ans. César a le physique de Poséidon. César commande la grue. César fabrique de l'art. J'ai huit ans et je suis saisie par l'audace, l'inventivité, la modernité. À partir de ce jour-là et pour toujours j'adore le travail de César.

Cette histoire je l'ai déjà racontée. Valérie, la narratrice de mon deuxième roman – *Un jardin en Australie* – est commissaire d'exposition. Elle explique s'être passionnée pour l'art contemporain dès l'enfance grâce à ce reportage. Je ne me souviens plus comment l'anecdote est arrivée dans le texte. Valérie dit que César a changé sa vie et c'est vrai qu'il a changé la mienne. Sans ce court sujet diffusé dans un journal télé peut-être que je ne me serais jamais intéressée à l'art contemporain et à la création artistique en général, je n'aurais pas scruté jour après jour avec autant d'attention la littérature en train de s'écrire. Et cet intérêt je dois sans doute le relier à ma passion pour le langage. Comme quand mon grand-père se trompait en essayant de parler le français, je m'interroge encore aujourd'hui sur la façon dont on dit ce qu'on a à dire.

Il y a sans doute une autre raison pour qu'à huit ans un sujet sur César m'intéresse à ce point-là. C'est annoncé en préambule : son nom complet est César Baldaccini, il est né à Marseille dans le quartier populaire de la Belle de Mai et ses parents étaient des immigrés toscans. Est-ce qu'à huit ans je suis particulièrement attentive parce qu'il est comme moi d'origine italienne et qu'on a grandi dans la même ville ? C'est possible et pourquoi pas. Et aujourd'hui j'en suis persuadée : s'il était né ailleurs César n'aurait pas créé ses compressions. Il suffit de prendre le bus qui va de la Joliette à l'Estaque en longeant le port de marchandises, César a su saisir l'esprit des lieux. Et si on regarde bien ses merveilleux écrasements de métal rouillé on peut reconnaître ici et là quelques vestiges, un phare tout aplati ou la structure d'une portière. César dit quelque chose de notre mémoire, ces replis de ferraille qu'on transporte avec nous, et moi j'ai envie de pleurer à chaque fois.]

[Dans ces années-là un autre moment de télé me marque durablement, une interview de Lino Ventura.

Je l'ai revue par hasard il n'y a pas longtemps et je m'en souvenais mot pour mot. L'acteur raconte les vexations endurées, enfant, quand il accompagnait sa mère immigrée italienne dans ses démarches administratives. Surtout, il confie n'avoir jamais demandé la nationalité française et prévient qu'il ne la demandera jamais. « Mon pays va de Paris à Palerme. » Quand je vois ça je n'ai pas dix ans et je déborde d'admiration devant son courage. Je pense : voilà, la célébrité permet ça. Si tu ne veux pas te naturaliser tu ne le fais pas. Et même tu le racontes à la télé.]

Dans la rue, un homme furieux :
« Oui mais moi je frappe pas ma femme, fils de pute ! »

J'y suis allée un après-midi, c'est une petite rue dans un quartier un peu éloigné du bord de mer. J'ai reconnu la maison, on venait souvent le dimanche, je ne sais pas qui l'occupe aujourd'hui mais là vivait un des frères de ma mère avec sa femme et ses cinq enfants. J'ai peu à dire sur cet oncle, Jean était un homme bourru mais très gentil qui savait préparer les gnocchi comme personne. Il était camionneur et je ne sais même pas s'il avait été scolarisé jusqu'au certificat d'études. Je me souviens qu'il possédait une encyclopédie en plusieurs volumes intitulée *Tout l'Univers* et qu'il l'avait lue de la première à la dernière ligne. Un dimanche de rassemblement familial j'ai une dizaine d'années et il me donne plusieurs exemples de choses apprises grâce à cette encyclopédie, il en est très heureux et moi je suis émue encore aujourd'hui devant l'énergie déployée par des gens comme lui pour parvenir à se cultiver bien qu'on les ait écartés de l'école très tôt dans leur vie.

[Un jour Louise, la sœur aînée de ma mère, m'a raconté comment Jean à quatorze ans adhère aux Jeunesses communistes. « C'était en 1934, j'avais huit ans et il m'a expliqué ce qu'ils comptaient faire, au Parti. J'étais si fière de lui, mon grand frère, tu ne peux pas savoir. Nos parents étaient un peu inquiets quand même, Jean participait à des actions alors ils avaient peur qu'on se fasse repérer et qu'on soit expulsés. » Je lui ai fait remarquer qu'en 1934 on était déjà naturalisés, il n'était plus possible de nous expulser. Elle m'a répondu : « Oui je sais, en 34 on avait les papiers. Mais pendant des années on a continué à avoir peur. »]

À la mort de Jean j'étais encore au lycée et avec ses enfants on ne s'est pas beaucoup revus toutes ces années. Ses fils sont devenus camionneurs comme leur père, à vingt ans Jean-Marc faisait l'aller-retour Marseille-Barcelone deux fois par mois, je l'enviais. Je ne sais pas très bien où ils vivent, j'aurais bien aimé profiter de mon passage à Marseille pour les revoir mais j'ai tant de cousins et cousines, je me doutais que je n'allais pas avoir le temps de leur rendre visite à tous et parfois je ne sais même pas comment les joindre. Il y a quelque temps Patricia m'a retrouvée sur Facebook et m'a appris qu'elle n'était plus en contact avec ses frères. Elle est plus âgée que moi et quand j'étais petite j'aimais beaucoup son humour, elle avait une façon de se ficher de tout, de rire de tout, un sens inné de l'autodérision, pour moi c'était le summum de la liberté. Jeune adulte elle vivait en coloc avec une copine dans le centre-ville, c'était la fin des années 70 et aucune femme de notre famille n'avait fait un truc pareil avant, là encore j'étais épatée. Aujourd'hui je mesure l'influence qu'ont eue sur moi mes cousines plus âgées. La vie de Patricia par la suite n'a pas été simple. Son fils a fait de la prison très jeune et je crois que c'est toujours compliqué pour lui. Il s'est marié mais son petit garçon lui a été retiré sur décision judiciaire. Patricia l'a pris chez elle et l'a inscrit à l'école de son quartier, elle fait ce qu'elle peut, aussi pour sa fille d'ailleurs, ses enfants elle les aide.

Plus tard dans le même après-midi j'étais en train d'écrire en terrasse à l'Estaque. Un vieux monsieur qui passait m'a dit: «Vous voulez pas me signer un autographe?» Il a ri et moi aussi. «Bonne journée.»

Alors j'ai rangé mon cahier, payé mon café et je suis allée me balader sur le port jusqu'à l'embarcadère. L'Estaque ne change pas beaucoup. Au bout de la digue quelqu'un pêchait tout seul. Des enfants faisaient du vélo sur l'esplanade, des hommes jouaient à la pétanque, des femmes discutaient sur un banc. Sur le quai des collégiens se sont soudain jetés à l'eau tout habillés, ils avaient dû faire un pari. Puis ils sont sortis et ont plongé à nouveau chacun leur tour en rigolant comme des fous, un petit jeu qui peut durer des heures, je le sais. Il y a dans ce décor quelque chose d'immuable, et pourtant tout a l'étrange saveur d'un combat perpétuellement renouvelé.

Devant la pharmacie :

« Il est autoentrepreneur. Avant il travaillait dans une boulangerie maintenant il s'est mis à son compte il fait le maçon. »

J'ai toujours aimé le nom de ma famille maternelle et sa sonorité : « Cadeddu ». Il a pourtant failli disparaître dans les couloirs tordus de l'administration française.

L'anecdote date de l'année 1933. À cette époque-là mes grands-parents avaient déjà sept enfants et savaient qu'ils ne repartiraient pas. Terminé les envies d'installation à New York et hors de question de retourner en Italie où les fascistes étaient au pouvoir depuis une dizaine d'années. Cela dit en France aussi c'était la pagaille. Un an plus tôt le Parlement avait voté une loi sur la préférence nationale visant à imposer des quotas pour limiter le nombre d'étrangers dans les usines. Ma grand-mère Mariangela était pragmatique. Elle n'avait probablement pas plus envie de devenir française que chinoise ou martienne mais si elle voulait continuer à vivre ici, parce que être renvoyée dans un pays tenu par Mussolini non merci, Giacomo et elle devaient demander la naturalisation pour eux et leurs enfants nés ou à naître.

Ses propres parents n'allaient plus lui adresser la parole mais tant pis.

Aussi les voilà à la préfecture et je ne sais absolument pas comment elle est parvenue à convaincre son mari, mon futur grand-père pourtant très réticent. Il la laisse parler, depuis leur mariage il lui a abandonné l'intendance. Il se contente de travailler comme une brute sept jours sur sept (pour assurer la survie) et de participer aux actions de la CGT (pour changer le monde) – et accessoirement de battre comme plâtre ses gamins s'ils lui désobéissent. Elle se charge du reste et entre autres de la paperasserie (elle avait fait un an d'école en Italie, le temps de savoir lire, n'a pas été scolarisée ici mais avait tant bien que mal appris à déchiffrer le français).

L'employé qui examine leur dossier confirme qu'ils ont bien apporté les documents nécessaires pour obtenir la nationalité française, notamment les preuves de leur présence sur le territoire depuis des années. Mais voilà qu'il leur propose un truc totalement inattendu : changer de nom.

« Cadeddu. Regardez, si on enlève les trois dernières lettres et qu'on rajoute un *t* ça devient Cadet. Et Cadet sonne comme un vrai nom français. Ce sera beaucoup mieux. »

Même si Giacomo n'est pas bilingue il a très bien compris ce que veut le fonctionnaire et il refuse poliment. Mariangela aussi. L'employé ne lâche pas l'affaire. « Mais si ! Voyez c'est facile et ça ne vous coûte rien. » Deuxième refus – encore courtois.

Mes grands-parents aimeraient que l'épisode se termine, Giacomo s'agite un peu, le fonctionnaire insiste de nouveau et Mariangela lui coupe la parole : « Écoutez : j'ai réussi à convaincre mon mari de venir ici mais si vous continuez il va repartir et jamais on ne sera naturalisés. Alors s'il vous plaît faites-nous les papiers et qu'on en finisse. » L'employé a enregistré leur demande sans plus dire un mot et la famille de ma mère est devenue une famille française qui encore aujourd'hui continue à s'appeler Cadeddu.

J'ai entendu cette histoire cent fois, comme tous mes cousins et cousines j'imagine. On se disait qu'on était tombés sur un fou, franchement quelle idée ce changement de nom, et pourquoi ce serait mieux de porter un nom français ? On riait.

Et puis dans les années 2010 alors que je travaille à ce roman qui ne sera sans doute jamais publié, je lis qu'à l'époque où mes grands-parents se sont fait naturaliser des préfets avaient en effet demandé à leurs fonctionnaires de convaincre les requérants de franciser leur nom et leur prénom. Et la mode semble avoir conquis d'autres administrations. Un jour j'épluche un corpus de déclarations de naissance qui concernent des familles vivant dans le quartier où j'ai grandi et sont datées des années 20 et 30. Je repère une employée qui fait du zèle. Un jeune papa qui vient déclarer la naissance de son bébé en mairie est de nationalité italienne, il est né en Italie et n'a aucune raison de porter un prénom français. Mais la secrétaire de mairie a décidé d'inscrire sa déclaration sous le nom de Jean-Louis Napolitano. Le détail m'interpelle puis je vois la signature au bas du document. Le jeune papa a signé Gianluigi Napolitano.

Et toc.

J'aime depuis toujours cette résistance muette, obstinée, discrète. Elle m'émeut.

[En décembre 2021 j'écoute les infos du matin à la radio. Il y a un petit sujet sur une jeune femme, commerciale dans une société de télécommunications. Elle a porté plainte contre un employeur qui voulait la contraindre à utiliser un prénom et un nom à consonance française. Il lui avait carrément créé une adresse courriel et lui avait dit voilà ton nouveau nom et ton nouveau prénom. Elle confie au journaliste avoir eu la sensation d'être rejetée, elle n'est plus sortie de chez elle pendant trois semaines. Les prudhommes ont jugé qu'il s'agissait d'un ressenti, pas d'une discrimination. Elle a fait appel. En attendant elle a trouvé du travail dans une autre entreprise. « Avec mon vrai nom et mon vrai prénom », souligne-t-elle.]

Extrait du roman que je ne publierai sans doute jamais

Je ne connais pas le petit village de Basilicate où ont grandi les parents de mon père, Massimo et Mariangela, je ne suis jamais descendu aussi bas en Italie mais je peux imaginer : des maisons serrées autour d'une église, des champs écrasés de soleil, une population restée plus ou moins à l'état sauvage, braves gens qui tentent de survivre, comment ils se sont retrouvés dans le coin on ne sait pas, peut-être certains descendent en droite ligne d'esclaves venus avec les Romains quand ils ont colonisé la région. D'autres se sont installés en catastrophe après avoir quitté sur des embarcations affrétées à la va-vite tel ou tel coin de Méditerranée où ça chauffait un peu trop pour eux. D'autres encore vivent là depuis le Paléolithique. Ils passent le plus clair de leurs journées accroupis au bord des falaises qui surplombent la mer, regardent avec curiosité chaque groupe d'humains dépenaillés qui débarque sur la côte et s'interrogent avec cet humour qui nous caractérise, nous les Méditerranéens : « Et ils vont s'y prendre comment, les petits nouveaux, pour faire pousser quelque chose ici ? »

Selon les livres d'histoire, quand au Moyen Âge les Normands occupent le sud de la Péninsule ils découvrent toute une humanité un peu hétéroclite, d'un village à l'autre ces gens étranges ne parlent pas forcément la même langue cependant ils se débrouillent, retournent la terre avec application, font du troc avec les peuples des rives d'en face, prétendent se battre contre des monstres sortis tout droit de l'enfer ou de leur imagination, allez savoir avec de tels incultes qui vivent avec des croyances d'avant la chrétienté. Mais, reconnaissent les Normands, dans ce pays on a inventé des recettes de gâteaux aux amandes, des recettes telles « qu'en nul autre endroit au monde il n'est donné de goûter nourriture aussi merveilleusement délicieuse ».

C'est le pays de mes ancêtres paternels. Des immensités balayées certains jours par un vent terrible, des oliviers millénaires tordus dans leur douleur muette, un petit hameau de pierres sèches et puis la mer. Dans les collines d'étranges créatures préhistoriques se cachent, les villageois ont toutes sortes d'histoires à raconter sur ces bêtes terrifiantes, ils peuvent vous expliquer sans problème que des dragons viennent parfois rôder autour du village, ils vous montreront le plus sérieusement du monde les traces que laissent dans les champs ces créatures infernales. Ils vous demanderont de tendre l'oreille – écoutez écoutez, ne les entendez-vous pas qui hurlent à la nuit tombée ? – et d'ailleurs il suffit d'ouvrir les yeux pour voir les monticules de pierres qui témoignent du temps où les dragons se partageaient le territoire avec des géants, car des géants vivaient là mais quand les humains sont arrivés ils se sont sauvés par la mer. À grandes enjambées ils ont sauté d'une île de la Méditerranée à une autre jusqu'à ce qu'ils découvrent d'immenses plaines pour courir tout à leur aise et qui sait où ils sont aujourd'hui, sans doute n'ont-ils jamais cessé de courir mais peut-être un jour vont-ils revenir, racontaient les vieilles femmes quand mes grands-parents étaient petits. Et eux s'imaginaient que des Titans allaient un jour apparaître à l'horizon, fondre sur le village et l'ensevelir sous les pierres.

Au milieu de ce temps immobile le XXe siècle surgit d'un coup, avec un peu de retard mais d'un coup, et voilà une bonne raison, décident mes grands-parents paternels, voilà une bonne raison pour émigrer.

Debout sur l'esplanade face à la mer deux jeunes hommes discutent tout en surveillant leurs enfants :

« Mais j'y ai cru, moi, à leurs histoires. La République, la méritocratie, tout ça. Quand on était au lycée j'y ai cru. »

J'ai hésité, je ne savais pas quoi faire, j'ai imaginé différents scénarios pour finalement choisir le plus simple : un matin je suis allée voir mon cousin Bruno sans le prévenir.

Son adresse je l'avais dénichée dans les pages blanches, il était le seul Bruno Cadeddu de toute la ville et j'avais localisé sa maison grâce à Google Maps. Alors j'y suis allée.

C'est assez proche de l'Estaque, tout en haut d'un vieux quartier, presque dans la colline. Le bus m'a laissée au bas d'une rue abrupte que j'ai remontée d'un bon pas. Elle était bordée de petits pavillons plus ou moins rénovés et cachés derrière des grillages. « Pavillon » n'est peut-être pas vraiment le terme mais « villa » n'irait pas non plus. Le mot « maisonnette » fait vieillot mais c'est celui qui convient le mieux dans cette zone comme il y en a souvent par ici : indéfinie. Un lieu anonyme qui dit l'installation précaire et l'enracinement qui se fait malgré tout, sans y penser.

La rue n'est pas très passante, seuls les riverains l'empruntent. En ce matin d'avril alors que je marchais sur le bas-côté j'en ai vu quelques-uns, à bord de leur voiture ils se rendaient peut-être au travail. En général ils me jetaient un regard étonné, j'avais peur que l'un d'eux ne s'arrête et me demande où j'allais mais rien ne s'est produit et j'ai continué à marcher.

Une maisonnette, un terrain envahi d'herbes sèches, deux épaves de voitures garées là depuis sans doute une éternité et un grillage pour délimiter les lieux. Sur la boîte aux lettres est scotchée une étiquette *Bruno Cadeddu* et une autre avec un nom que je ne connais pas. Trois dobermans se jettent contre le portail en aboyant. Je suis toute seule sur le trottoir, il n'y a pas de sonnette, je ne sais pas quoi faire, je me tords les mains. Sans doute alerté par les hurlements des chiens un vieux monsieur sort de la maison et m'observe de loin avec méfiance, puis comme je ne bouge pas il se décide à venir. Je le questionne et il me dit que Bruno vit bien ici. Je lui demande d'aller le chercher et comme s'il avait besoin d'une confirmation il répond : « Vous voulez que j'aille le chercher ? » Je répète : « Oui, si c'est possible. »

Il me tourne le dos, s'éloigne, tire un téléphone portable de sa poche. « Il y a une dame qui te demande… Je ne sais pas, qu'est-ce que tu veux que je te dise. Il y a une dame qui te demande. »

C'est seulement à ce moment-là que je remarque le mobil-home, au fond derrière les voitures. La porte s'ouvre et Bruno en sort, c'est sa maison. Il traverse le terrain jusqu'au portail, et là moi j'ai six ans.

Je lui dis : « Je suis votre cousine. » Et Bruno sourit.

Il vient me rejoindre sur la route et il parle. Je comprends qu'il se souvient de ma mère mais pas vraiment de moi. Il explique qu'il est entré en prison en 1974 et en est sorti seulement en 2004 – « j'ai passé ma vie là-bas ». Il ne se plaint pas, maintenant il habite ici mais ce n'est pas chez lui, le vieux monsieur de tout à l'heure l'héberge, c'est quelqu'un de la famille de sa mère qui est morte depuis quelques années. Il s'excuse de ne pas pouvoir me faire entrer, je lui dis que ce n'est pas grave. Il a aussi une caravane dans la colline, il y va des fois parce qu'il a besoin de rester isolé.

Bruno me raconte tout ça en vrac et je l'écoute. On est debout devant son portail, il parle et je l'écoute bras croisés.

Je ne sais pas lui expliquer pourquoi je débarque chez lui sans prévenir, même si mon apparition ne semble pas spécialement l'étonner. Je m'excuse de ne pas m'être annoncée. Je lui dis : « Un jour les choses il faut les faire » et il a l'air de comprendre. Et moi je suis contente de l'avoir revu.

C'est plus tard que je perçois ce qui m'a surprise pendant toute notre conversation. Bruno et moi on est à peu près de la même taille. Dans mon souvenir il était immense.

Dans le bus :

« Moi on me dit d'aller à la Sécurité sociale et là la femme elle me dit je ne peux rien faire il faut vous connecter à votre compte Ameli, non mais tu rigoles alors je lui dis mais si vous avec votre ordinateur vous n'y arrivez pas, comment ce serait possible que moi j'y arrive ? »

Mon cousin Antoine est venu prendre un café avec moi à l'Estaque. J'aime beaucoup Antoine et pourtant je ne l'avais pas vu depuis longtemps. Quelques mois plus tôt je l'avais retrouvé grâce à un docu-fiction de Giuseppe Tornatore. Je regardais sur mon ordi *1960,* une compilation d'archives de la RAI montrant des Italiens anonymes saisis sur le vif – et une des premières interviews d'Adriano Celentano. Une séquence tournée dans le vieux Naples révèle un groupe d'enfants au détour d'une ruelle, la caméra zoome sur un petit garçon et il a exactement le visage d'Antoine au même âge.

J'ai arrêté le film, bon sang mais qu'est-ce qu'il devient celui-là c'est trop bête la vie toutes ces années sans se voir. Je ne savais plus rien d'Antoine à part son métier – il est camionneur comme son père avant lui. Je me souvenais qu'il avait eu un garçon quand j'étais enceinte de mon premier fils et c'était à peu près tout. J'ai tapé son prénom et son nom dans Google et là, surprise : Antoine Cadeddu a écrit un livre.

Je me le suis procuré, c'est plus ou moins de l'auto-édition, ces nouveaux prestataires de services qui se targuent de publier un texte en un tour de main – à condition de payer la correction, la mise en page, la couverture. Antoine raconte son métier, mêlant à un témoignage sur ses conditions de travail une foule de souvenirs marquants, émouvants ou drôles.

Je me suis débrouillée pour trouver ses coordonnées via notre cousine Lætitia et voilà comment cet après-midi-là on s'est retrouvés en terrasse au bord de l'eau. Il n'a pas beaucoup changé et cultive toujours avec assurance son allure de prince arabe.

Antoine a arrêté l'école très tôt pour devenir apprenti mécanicien puis il a profité du service militaire pour passer son permis poids lourd – plein de garçons de ma génération faisaient ça – et comme il l'explique dans son livre il a ensuite enchaîné des horaires assez terrifiants. Il dit pourtant beaucoup aimer son métier, en partie parce qu'il apprécie la solitude. Il me parle de son fils désormais adulte – « tu te rends compte » – me donne des nouvelles de son frère et de ses sœurs qui ne se parlent plus entre elles, j'imagine qu'Antoine doit faire le lien, il a toujours été très gentil.

Je ne sais pas pourquoi dans cette famille tentaculaire lui et moi on s'est mis en tête de publier des livres mais après tout pourquoi pas. Il me raconte le travail que ça a représenté pour lui, l'obstination qu'il lui a fallu. D'abord il est allé chez un imprimeur avec sa liasse de papiers : imprimez-moi ça. Le monsieur lui a expliqué qu'il fallait passer par un éditeur alors il a cherché sur internet. Prudemment je lui dis que ce qu'il a trouvé n'est pas réellement une maison d'édition et je suis désolée qu'il ait dû payer, normalement ça ne se fait pas. Il m'arrête d'un geste et répond qu'il n'aurait jamais pu accéder à une vraie maison d'édition. Il n'a pas payé trop cher, ça lui va, et il est heureux d'avoir pu raconter ce qu'il avait à raconter. Il sourit: «Je n'étais pourtant vraiment pas prédestiné à écrire des livres.» Je lui dis qu'il l'était sans doute, mais qu'il ne le savait pas.

La mer en face de nous.

Antoine ne fait pas de commentaires à propos de mon métier, il me demande juste si je travaille – dans une région ravagée par le chômage c'est une des premières questions que les gens vous posent. Je ne suis pas certaine qu'il sache que j'ai écrit des romans et je ne lui en parle pas. Je me souviens de la colère de Louise, la sœur aînée de ma mère, quand en 2011 je lui ai envoyé mon premier roman, *Amalia Albanesi*, où une narratrice raconte le parcours de sa famille maternelle à partir de la naissance de son arrière-grand-mère dans les Pouilles. Elle ne comprenait pas pourquoi j'avais situé l'histoire là-bas plutôt qu'en Sardaigne. Je vois l'idée et d'autres que Louise se demandent ce que je fiche depuis que j'ai quitté Marseille. J'ai souvent droit à des réactions déçues quand je dis que je suis critique littéraire. On me pardonne, on sait que j'aime lire alors après tout si ça peut me faire plaisir. Je vois pourtant les regards navrés, j'entends les silences polis mais réprobateurs. Puisque j'ai accès à une parole publique, pourquoi est-ce que je ne rédige pas des articles politiques pour dégommer ces libéraux qui nous gouvernent ? Et pourquoi est-ce que je ne raconte pas notre histoire collective, la vraie, tout ce qui n'a pas encore été dit, cette accumulation d'horreurs qu'on a traversées et où certains se sont égarés ?

En vérité je fais ce que je peux. Mes romans sont peuplés de fantômes, de créatures marines qui appellent toutes les nuits depuis le fond de la mer. C'est ma façon de raconter.

Et puis j'aime interviewer des écrivains et des écrivaines.

En 2008 Atiq Rahimi décroche le Goncourt avec *Syngué sabour, pierre de patience*. J'aime beaucoup ce roman, le premier écrit directement en français par Rahimi, réalisateur et romancier né à Kaboul – le changement de langue d'écriture au cours d'une vie m'a toujours intriguée. *Syngué sabour* est une pierre, on se confie à elle et elle emprisonne nos remords. Je vais interviewer Rahimi et c'est juste après que je me souviens : Giacomo Cadeddu, mon grand-père maternel, avait pour habitude de se confesser à un caillou. Quand il en avait trop sur le cœur il descendait au bord de l'eau à l'Estaque, ramassait un galet, lui racontait tous ses soucis et le jetait loin dans la mer. Terminé.

C'est tout le temps comme ça : plein de choses qui m'arrivent aujourd'hui me ramènent encore et toujours là-bas.

Assis en terrasse au Bar des Amis deux hommes discutent :

« Tu te rappelles de Vigouroux ?

– L'ancien maire ?

– Un jour je l'ai vu il marchait avec son garde du corps.

– Et Gaston Deferre, tu t'en rappelles ? On aurait dit qu'il sortait d'un film.

– Ouais tu as raison, un film de gangsters. »

Marine Le Pen n'est pas devenue présidente et l'Estaque a continué à vivre sa vie. Un jour de soleil particulièrement éclatant j'ai pris le bateau-navette pour le Vieux-Port. J'étais décidée à profiter de cette journée en ville pour aller travailler à la bibliothèque et me plonger dans l'histoire des quartiers nord mais j'ai très vite su que ça allait être au-dessus de mes forces. Début avril j'étais arrivée à Marseille avec plein de projets bien structurés, comme m'asseoir sagement dans une salle des archives municipales et éplucher durant des heures de vieux documents, mais j'ai passé mon temps à me balader ici et là en bus ou à pied et à écouter les conversations autour de moi. Quand j'allais en ville c'était en pèlerinage, à la recherche d'endroits que j'aimais bien : une vieille boulangerie où je m'achetais des pâtisseries à la fleur d'oranger. La rue Saint-Ferréol que je parcourais en regardant les vitrines comme quand j'avais quatorze ans. La Joliette, quartier des départs et des arrivées, le Ellis Island marseillais.

Ce jour-là j'ai décidé de rejoindre le cours Julien. Je suis passée devant une petite esplanade et je me suis souvenue, il y avait des bouquinistes ici avant, lycéenne j'avais échangé avec l'un d'eux tous mes livres d'enfant contre un énorme et vieux bouquin décati exposé sur son étal. C'était les œuvres complètes de Flaubert et j'avais eu l'impression de tenir entre mes mains quelque chose de très important.

Sur les hauteurs du centre-ville le cours Julien est un spot où depuis longtemps s'alignent les cafés branchouilles. Des amis m'avaient prévenue : « C'est devenu le temple des bobos marseillais. » J'ai surtout eu l'impression que c'est toujours le même foutoir : des murs tagués, des ruelles décrépites, une cantine associative, des gamins dans tous les sens et en terrasse un mélange heureux d'intellos, de branleurs, de pauvres et de gens du quartier, certains étant tout cela à la fois. Je profitais de cette ambiance très particulière quand tout à coup j'ai été bouleversée sans pouvoir m'expliquer pourquoi. Dans ce séjour à Marseille souvent l'émotion m'attrapait au coin d'une rue quelconque mais ce que je ressentais là était particulier.

Le cours Julien c'est mes années de fac. On venait boire des bières ici avec mes copines, des soirées entières à se marrer et à refaire le monde avant de rentrer chez nous par l'autoroute. J'avais vingt ans, j'étais inscrite à l'université et j'avais un job étudiant en parallèle, j'ai acheté d'occasion au meilleur ami d'un de mes grands cousins une 2 CV brinquebalante, je suis partie de chez mes parents qui ne voulaient pas que je fasse d'études et j'ai loué mon premier appart – dans les quartiers nord bien entendu. Des années où je passais tout mon temps libre à lire. Sauf les soirs où j'allais boire des bières au cours Julien.

J'ai marché tout doucement pour me réapproprier les lieux. Une ombre marchait à mes côtés, celle de ma jeunesse lointaine. À vingt ans avec mes copines on testait une liberté nouvelle, inconnue de nos mères qui n'avaient eu accès ni à la pilule ni à l'université. C'était grisant, on était les reines du monde à l'époque, on s'intéressait à tout, on voulait tout étudier. Peut-être que le pays aurait pu utiliser un peu mieux notre énergie.

Il y aurait tant à dire sur la vie des filles comme moi à Marseille dans ces années-là : notre indépendance bricolée tant bien que mal, nos relations avec les garçons, notre bagage identitaire, nos envies, notre insolence, notre détermination, nos engueulades avec nos familles. Bien sûr que c'était compliqué. Et on pourrait supposer que je vivais dans une zone particulièrement peuplée de machos, parce que Méditerranéens et parce que issus de l'immigration, c'était déjà dans le discours ambiant et d'ailleurs quand je suis devenue journaliste j'étais contente, j'allais être entourée d'intellectuels et je pensais que dans un environnement pareil sans aucun doute les femmes étaient bien traitées.

Quel ne fut pas mon étonnement.

Cela dit à l'époque où j'étais en fac je pensais rentrer en Italie. La France franchement j'avais l'impression qu'en trois ou quatre générations on avait fait le tour du sujet et même d'un point de vue littéraire il me semblait qu'il ne s'y passait rien d'intéressant. Je regardais Bernard Pivot le vendredi soir mais les écrivains invités dans son émission m'ennuyaient. J'avais l'impression qu'ils étaient tous pareils, une comédie parisienne qui ne me concernait pas. Sauf une fois.

Philippe Djian vient de publier *Zone érogène* et le voilà à *Apostrophes*. Pivot semble abasourdi par le livre et surtout par le bonhomme: « Vous avez une drôle de vie. » Face à lui Djian fait du Djian, bougon, direct, tout d'une pièce. Il a une sorte de franchise brute qui tranche avec l'ambiance feutrée habituelle. Il clame sa haine du point-virgule et ça me va. Je suis si impressionnée par son aplomb que le lendemain j'achète son livre – il est toujours dans ma bibliothèque – et je tente de convaincre le libraire d'organiser une soirée-lecture avec Djian. Sans succès.

[J'ai interviewé tant de fois Philippe Djian. J'aime tout, ses phrases, ses personnages, ses histoires pas possibles – je marche à tous les coups – et sa façon de ne rien lâcher. J'adore cette colère souterraine qu'on devine chez lui. Chaque fois que je le rencontre j'ai vingt ans, je suis en fac et je suis bluffée. Mais je ne lui ai jamais dit que dans les années 80 j'ai supplié en vain un libraire marseillais de l'inviter.]

Pourtant la fureur magnifique de Djian ne m'incite pas à rester sur le sol français. Je suis en fac de lettres et le seul destin envisageable pour quelqu'un comme moi c'est de passer le Capes et de devenir prof.

C'est là que quelque chose se brise, là devant ce concours où les étudiants de fac vont à l'abattoir – ceux des prépas sont mieux formatés. Je refuse de m'inscrire à une épreuve où le sujet de dissertation est invariablement axé sur la littérature patrimoniale. Ma passion c'est l'ultra-contemporain, je ne vais pas arrêter de lire ce que j'aime pour préparer ce concours à la con et me plier à des exigences d'un autre âge. Tout ça me semble absurde et je sens que le pays s'achète à peu de frais une sorte de bonne conscience – si le concours est difficile nous aurons d'excellents profs – mais j'ai été scolarisée dans les quartiers nord, lieu idéal pour observer que des mauvais profs il y en a. Et puis je sais comment les choses se passent. Le concours étant national, les étudiants de l'académie d'Aix-Marseille se retrouvent du jour au lendemain téléportés à Lens, Orléans, Vesoul, Dunkerque. Et moi je veux bien être intégrée, je veux bien être bonne élève, je veux bien étudier la littérature française mais je refuse que l'État décide à ma place où je dois habiter. Hors de question, je m'en fiche de leur concours, autant rentrer en Italie. Je préfère vivre dans la banlieue de Palerme ou de Naples plutôt que dans celle de Vierzon.

Dans ces années-là je ne suis pas la seule parmi les descendants d'immigrés espagnols, italiens ou algériens à envisager un retour au pays des origines, et la démarche n'est pas forcément déraisonnable. Le français est une langue assez étudiée en Italie alors pourquoi ne pas devenir prof là-bas ? En plus la littérature italienne m'intéresse. J'ai lu Moravia assez jeune, ma mère possédait un de ses romans dans une édition de poche, puis j'ai découvert dans mes premières années d'université une foule d'autres auteurs transalpins. À mes yeux ils incarnent une modernité qui nous fait défaut.

Pourtant je ne rentre pas en Italie.

Par le plus grand des hasards je lis un livre de Claude Simon, qui en ce temps-là est toujours vivant. Dès les premières phrases son écriture me saisit et je me dis : finalement il se passe des choses dans ce pays, tout n'est pas perdu. Alors je choisis de rester et de préparer un mémoire de maîtrise sur Claude Simon. Raymond Jean, romancier et vieux compagnon de route du Parti communiste m'accepte comme étudiante et j'ai de la chance : c'est le meilleur prof du monde.

Une année durant je ne lis à peu près que du Claude Simon, je prends des notes par cahiers entiers (bien plus tard j'ai tenté d'expliquer dans un petit article mes sentiments d'alors, l'impression de découvrir un écrivain qui est une révolution à lui tout seul) et je décide d'aller le voir en vrai. Comme devant le sujet sur César à huit ans, j'étais fascinée et c'est devenu une obsession : je devais le rencontrer.

Je lui ai écrit chez Minuit et il m'a répondu. Dans sa lettre il y avait son numéro de téléphone et il me disait que je pouvais venir le voir, oui, sans problème. Je l'ai appelé, on a pris rendez-vous, je suis allée acheter mon billet de train à la gare Saint-Charles – je n'étais jamais allée à Paris. Avec une gentillesse qui me surprend encore aujourd'hui il m'a reçue chez lui pendant une heure. Et pendant une heure j'ai pu lui poser toutes les questions que je voulais.

Ma première interview !

La balade m'a épuisée. De retour à l'Estaque je me suis affalée sur la première terrasse que j'ai vue. On m'a apporté mon café dans un verre minuscule. C'est souvent le cas, au bar comme à la maison le café est servi dans un petit verre en pyrex, chez mes parents on ne sortait les tasses que s'il y avait des invités. À Paris un jour je suis allée m'acheter ce type de verres, ceux des cantines scolaires mais en petit format et j'ai pris l'habitude de servir le café dedans. Plein de bistrots gentrifiés font pareil maintenant, j'aimerais penser que j'ai lancé la mode mais je n'y crois pas une seconde.

Je regardais autour de moi en prenant des notes. Des gens faisaient leurs courses, d'autres discutaient sur le trottoir. Je me disais qu'on s'était peut-être connus à l'école primaire ou au collège, j'ai constaté à quel point je ressemble toujours aux filles de là-bas, dans ma façon de m'habiller et de bouger. Un vagabond m'a demandé une cigarette, je n'en avais pas. J'ignore d'où viennent les clochards de l'Estaque, durant tout mon séjour je les ai observés. De vieux loups de mer aux magnifiques visages ravagés, la plupart du temps assis sur le seuil d'une épicerie définitivement fermée. Les passants leur donnaient un peu de monnaie et les hommes du quartier discutaient avec eux. J'imaginais des parcours fantastiques sur les océans, des marins venus de lointains pays jusqu'à Marseille, un jour un cargo dieu sait pourquoi repart sans eux et abandonnés ils s'échouent précisément là, tout au bout de la ville.

Sur la plage :
« Moi je connais un éducateur de rue il a dix Rolex. »

La sœur de ma mère vit en ville, dans un coin sympa au-dessus de la mer, l'endroit a un peu l'aspect d'un faubourg de Gênes qui se gentrifierait doucement. Elle est la dernière vivante de cette génération chez les Cadeddu et depuis quelque temps elle a des problèmes de mémoire. Alors qu'elle me sert un café dans sa cuisine elle pose deux fois la même question, s'en aperçoit et rit pour cacher sa confusion. Comme tous ses frères et sœurs elle a survécu à beaucoup de choses sans jamais se plaindre, je me souviens qu'elle a toujours fait plus jeune que son âge et encore aujourd'hui elle possède une énergie et une bonne humeur qui semblent inépuisables. Mais soudain elle me raconte qu'elle ne va plus jamais à l'Estaque parce que sinon elle pleure.

Je lui explique que j'ai rendu visite à Bruno et elle trouve que c'était une bonne idée. Tout d'un coup elle se souvient : à la mort de César Bruno avait eu une autorisation de sortie pour assister à l'enterrement de son père. Il est arrivé au cimetière encadré de deux policiers et les hommes de la famille leur ont demandé de lui enlever les menottes, pour qu'il puisse se recueillir quelques instants devant la tombe avant qu'on ne la referme. Aujourd'hui elle ne sait plus si les flics ont accepté.

Puisque j'étais en ville ce jour-là j'en ai profité pour aller en fin d'après-midi chercher à la sortie de son travail ma cousine Inès, fille d'un des frères de ma mère. Inès et moi on a le même âge et tant que j'ai habité Marseille on se voyait souvent, étudiantes on a assisté ensemble à je ne sais combien de concerts. Serge Gainsbourg, Bernard Lavilliers, Charlélie Couture. Non, Charlélie Couture j'y suis peut-être allée avec Sandra.

On s'est retrouvées pas trop tard et on a traîné par-ci par-là avant de s'écrouler sur une terrasse avec vue sur la mer – ce bar n'existait pas dans le temps, j'en suis certaine. Elle m'a parlé de sa vie, de ses filles qui finissent leurs études, de son métier, et je lui ai expliqué pourquoi j'étais à Marseille. Inès ne partage pas mon intérêt pour les péripéties traversées par nos aïeux, ce n'est pas qu'elle s'en fiche mais par principe elle est résolument tournée vers l'avenir. Aussi elle disait ne pas très bien me comprendre, pour elle l'immigration de notre famille c'est de l'histoire ancienne et elle ne croit pas que ça ait particulièrement influé sur nos vies, c'est juste une donnée parmi d'autres, elle n'y pense sans doute jamais. Elle m'a jeté un regard désolé, genre Sylvie tu ne changes pas.

Mais quand je lui ai expliqué que j'étais allée voir Bruno j'ai vu que le sujet la touchait.

Au Bar des Amis, une jeune femme à sa copine:

« Nous on a grandi dans une famille multiculturelle et on a toujours été respectueux de tout le monde. Ma mère elle a toujours eu des copines de toutes les religions, je vois pas pourquoi il me fait chier mon mec avec ça. Je lui ai dit je fréquente qui je veux et si ça te plaît pas alors on se sépare. »

J'ouvre le cahier où durant mon séjour marseillais j'ai jeté quelques notes sur ma famille paternelle, il faudrait que je réfléchisse à ce que je partage avec mon cousin Frédéric, qui en 2018 a été condamné à vingt ans de réclusion pour meurtre.

Nos ancêtres communs s'appellent Giuseppe Carlini et Paolina Gontiero et ce sont les parents de la mère de mon père. Franchement sur eux j'ai peu d'infos, mais au premier abord on pourrait penser qu'ils ont vécu l'émigration la plus tranquille qui soit.

Leur histoire commence quelque part dans le Piémont rural de la fin du XIXe siècle. Giuseppe est un jeune homme qui gagne sa vie comme journalier sur des exploitations forestières. Il est né dans un hameau aux alentours de Turin dont j'ai retrouvé le nom dans de vieux papiers : Tornavallo.

Et un jour il décide d'émigrer. Juste avant de partir il va à l'orphelinat se chercher une femme parce qu'il n'est pas certain d'en trouver une dans son nouveau pays.

Ça ne coûte pas cher une fille de l'orphelinat, il suffit de faire un don et ça les débarrasse. Ma future arrière-grand-mère est née de parents inconnus et ignore jusqu'à sa date de naissance. Sur son certificat de naturalisation que j'ai sous les yeux il est écrit : *Née en 1869 ou 1870.* Débrouille-toi avec ça.

À peine arrivés ils sont allés travailler dans une fabrique de tuiles, il y en avait plusieurs dans ce secteur, construites à côté des carrières d'argile.

> [Les tuileries employaient beaucoup de gens. À partir de la fin du XIXe siècle des centaines de paysans italiens à peine descendus du bateau ont été enrôlés dans ces ateliers où on fabriquait des tuiles et des objets décoratifs. J'ai ainsi récupéré un lion en terre cuite que je garde précieusement dans ma bibliothèque. Mon arrière-grand-père je suppose l'a ramené chez lui, mais pourquoi ? Ce lion est passé de main en main jusqu'à moi, un peu ébréché mais toujours aussi beau, c'est le seul objet de ma famille paternelle qui me soit parvenu.]

Quelque temps plus tard Giuseppe et Paolina ont aussi loué une petite ferme. Après sa journée d'ouvrier Giuseppe cultivait des légumes (on m'a raconté l'épopée de ces pionniers, les primo-arrivants comme on dit aujourd'hui. Pour survivre ils cumulaient plusieurs emplois) et Paolina se chargeait d'aller les vendre. Quelques poules, des lapins, ils avaient recréé l'ambiance du Piémont des origines à l'endroit même où ils s'étaient posés en descendant du bateau, dans ce coin tranquille et encore bucolique un peu au-dessus de l'Estaque. Par hasard tout à côté vivaient mes autres arrière-grands-parents paternels, Gianni Tanette et Valentina Scarampi, immigrés piémontais eux aussi. Voilà comment mes grands-parents Rose Carlini et Jean Tanette se sont connus : ils étaient voisins.

Et quand ils ont eu mon père ils se sont mariés et sont restés sur place, au sein d'une tribu typique de ce genre de diasporas où se sont constamment surajoutés des gens, je n'ai jamais tout compris. Par exemple un frère de mon arrière-grand-mère Valentina était là aussi, elle lui avait envoyé une lettre pour qu'il vienne les rejoindre. Parfois quand j'étais petite on me demandait de saluer des personnes croisées dans le quartier, on me disait que c'était des cousins mais on ne me disait pas comment. Je trouve aujourd'hui la trace de ce frère de mon arrière-grand-mère sur internet, un acte de décès dans *Le Petit Provençal* au début des années 30. Apparemment cet Antonio Scarampi était marié à une Di Meo, ils ont perdu une fille de vingt-sept ans, cousine donc de ma grand-mère. Je ne sais pas de quoi cette fille est morte, elle était mariée à un Vanzetti et sur l'avis de décès sont mentionnés les noms Tanette, Scarampi, Di Meo, Vanzetti.

Par la suite des pièces rapportées quelquefois inattendues sont venues élargir la famille. Jeunes mariés mes grands-parents Jean et Rose ont repris la ferme louée par les Carlini et après la guerre ils employaient un ouvrier agricole afro-américain, un GI qui n'avait pas voulu repartir aux États-Unis. Il parlait français, j'imagine un descendant d'immigrés haïtiens.

[Sa présence me renvoie aux textes de Claude McKay, ce merveilleux écrivain jamaïcain qui a fait partie du mouvement Harlem Renaissance. McKay a découvert Marseille dans les années 20 et l'a décrite comme une ville cosmopolite qu'il a aimée au point d'y passer une année entière. Une photo de lui le montre se baignant à l'Estaque.]

Du temps de l'enfance de mon père en plus de cet ancien GI une femme d'origine corse est venue habiter à la ferme, elle avait une chambre chez mes grands-parents. Elle partait travailler le matin et rentrait en fin d'après-midi, je ne sais ni comment ni pourquoi elle avait échoué là. Je l'ai bien connue, quand j'étais petite elle vivait toujours avec ma grand-mère et comme on disait à l'époque elle était restée vieille fille. On m'a pourtant raconté que le GI avait été très amoureux d'elle, il l'avait demandée en mariage mais elle n'a pas voulu de lui et quand je lui en ai parlé, je devais avoir dix ou onze ans, elle a haussé les épaules sans répondre.

En terrasse au bord de l'eau, une jeune femme à ses amies :

« Les vacances franchement c'était pourri, le Airbnb il était minable. Je leur ai dit moi, en espagnol, vous savez forcément je parle espagnol, je leur ai dit c'est pas possible de nous faire dormir dans un endroit pareil. J'ai demandé qu'ils me remboursent et je suis partie. »

Il y a quelques années j'ai mis la main sur de vieux papiers concernant Giuseppe Carlini et Paolina Gontiero – je ne sais pas comment ils ont pu traverser le siècle. Je les ai étalés sur mon bureau et je les regarde un par un. Un premier détail me surprend : les noms de famille ne sont pas toujours orthographiés de la même façon. Je suis émue par cet aspect tout simple de la vie quotidienne d'un analphabète : il ne peut épeler son nom. Cela arrive assez peu à mon arrière-grand-père qui possédait sans doute une pièce d'identité et pouvait la montrer à l'occasion mais c'est tout le temps le cas pour mon arrière-grand-mère. Elle a dû émigrer sans aucun papier et son nom semble être écrit au hasard, Gontero, Goutero, Goutiéro.

[Je vois aussi qu'elle s'appelait Paolina et une fois naturalisée elle est devenue Pauline. Je repense au roman de Polina Panassenko. Née en Russie, arrivée toute petite en France avec ses parents, elle raconte dans *Tenir sa langue* les démarches qu'adulte il lui a fallu accomplir pour récupérer son prénom qui avait été transformé en Pauline à la naturalisation.]

Même si ces papiers contiennent peu d'informations ils permettent de retracer en partie le parcours de mes arrière-grands-parents. Voici ce qu'il y a :

– Un document du consulat italien de Marseille daté de mai 1889. Giuseppe a vingt-huit ans et Paolina dix-neuf ou vingt. Je ne sais pas s'ils sont en France depuis longtemps mais sur le papier il est écrit en italien : *L'acte de mariage est enregistré le 2 mars 1889 dans les registres d'état civil de cette chancellerie consulaire.* Cela fait un moment que je le soupçonnais, comme d'ailleurs au sujet de mes autres arrière-grands-parents, les Tanette-Scarampi : ils ont de toute évidence quitté l'Italie avant d'avoir pris le temps de se marier.

– Les certificats de naturalisation, datés de 1910. Giuseppe Carlini et Paolina Gontiero ont donc cessé d'être des ressortissants italiens plus de vingt ans après leur arrivée. J'ai les deux documents et un papier où ils demandent la nationalité française pour leurs enfants encore mineurs dont ma grand-mère Rose qui a trois ans. Le certificat de Paolina n'indique bien sûr pas de date de naissance – je devrais m'y habituer mais ça me surprend toujours. Et sous un *Liberté-Égalité-Fraternité* aux majestueux pleins et déliés de la Troisième République quelqu'un a rajouté au crayon : *parents inconnus.*

– Un certificat de décès du père de Giuseppe, survenu en 1895 dans la paroisse de Tornavallo. Ce que j'ai sous les yeux est une version française rédigée par un traducteur assermenté. Comme elle est datée de 1910 je suppose que mon arrière-grand-père avait prévu de la joindre au dossier de naturalisation, mais je ne comprends pas pourquoi. Je vois que le traducteur a fait du zèle puisqu'il a francisé tous les prénoms de mes ancêtres.

– Le contrat de location de la ferme, signé de l'administrateur des tuileries pour le compte du propriétaire. Il détaille un à un les lieux que mes arrière-grands-parents ont le droit d'occuper : une vigne, des oliviers, un cellier, un poulailler, un logement. De grands bourgeois provençaux possédaient ainsi des pans entiers de cette zone périurbaine, ils exploitaient des carrières d'argile et louaient les terres cultivables. Quelque part se dressait une maison de maître entourée d'un jardin ombragé que des domestiques entretenaient. Certaines existent encore aujourd'hui, petits bijoux architecturaux cachés derrière des platanes centenaires.

> [Dans *Un jardin en Australie* j'ai imaginé une bourgade construite au milieu de nulle part dans une région que les Australiens appellent le Territoire du Nord. Je racontais l'histoire de notables propriétaires d'une mine de bauxite qui mettaient leurs terres en fermage, je décrivais tout très minutieusement et je me demandais pourquoi ça m'intéressait autant. J'ai mis beaucoup de temps à comprendre de quoi je parlais.]

– Une carte d'identité française de mon arrière-grand-père. Elle est datée de 1923 et porte son prénom en italien : Giuseppe.

– Un passeport français également daté de 1923. Il est valable pour les deux époux (!) et affiche des prénoms français : Joseph et Pauline. La photo de Giuseppe est la même que celle de sa carte d'identité, je suppose que les deux documents ont été faits en même temps. Il a soixante-deux ans et Paolina cinquante-quatre (ou cinquante-trois).

– Un acte rédigé à la main et en italien par un notaire de Salina, la petite ville voisine de Tornavallo. Il est daté de juillet 1923 et vu que le passeport a été établi en mai de la même année les deux me semblent de toute évidence liés. Déchiffrer les pattes de mouche du notaire est très difficile, je pense d'abord que mon arrière-grand-père est rentré en Italie pour percevoir un héritage et pourtant ça ne colle pas : je n'ai jamais entendu dire que là-bas on ait jamais été propriétaires de quoi que ce soit. Il me faut lire avec une loupe pour comprendre que ce document est un reçu. Un certain Pietro Carlini (peut-être un frère de mon arrière-grand-père, en tout cas c'est ce que j'imagine) reconnaît avoir reçu de Giuseppe une somme d'argent, je ne parviens pas à lire le chiffre. L'acte a été établi le 7 juillet et il stipule que l'argent a été remis le 2 juin. Je ne sais pas ce qu'il s'est passé en un mois mais visiblement Giuseppe n'a pas voulu repartir sans avoir fait certifier devant notaire qu'il avait bien remis cette somme à Pietro.

À soixante-deux ans mon arrière-grand-père naturalisé français depuis treize ans s'est donc fait faire un passeport pour rentrer en Italie et s'acquitter d'une dette, avant de revenir en France et ne plus en bouger. J'imagine une détestation homérique entre frères qui court sur quarante ans et c'est exactement ce que j'ai en tête : deux jeunes hommes qui s'affrontent comme dans une tragédie grecque, l'un disparaît et ressurgit des années plus tard, vieilli et méconnaissable. Il pose l'argent sur la table et repart.

Et je vois mes arrière-grands-parents. Près de trente-cinq ans après leur émigration ils sont revenus sur les lieux de leur enfance. Ils regardent autour d'eux bien attentivement une dernière fois et puis ils s'en vont : ils ne doivent plus rien à personne.

Dans le bus, deux jeunes femmes discutent :
« Oui mais ta mère tu n'en as qu'une.
– Ouais ben heureusement ! »

Au cours d'une de mes déambulations en bus je suis passée devant ce qui a été mon premier appart quand j'avais dix-neuf ans – rien n'a changé dans cette rue. À cette époque je n'avais pas une heure inoccupée dans ma vie. Je courais toute la journée entre la fac et le travail, je faisais la bringue ou passais la nuit à discuter avec mes copines et sinon je lisais méthodiquement, des heures durant, pour rattraper mon retard en culture littéraire après une scolarité dans les quartiers nord et pour tenter de combler un vide, je ne sais toujours pas lequel et c'est peut-être pourquoi j'écris ce texte.

Ce jour-là je me souviens être allée rendre visite à Catherine, la sœur de Frédéric. Encore aujourd'hui Catherine semble sortir d'un film de Visconti. J'ai pris un café chez elle, on s'est raconté nos vies. Elle a deux grands enfants et je n'ai connu que le plus âgé, Maxime, désormais papa d'une petite Alessandra. On a bavardé comme si on ne s'était jamais quittées alors qu'on ne s'était pas vues depuis des années. Elle travaille, elle a construit sa vie et pourtant ça n'a pas dû être évident, elle avait arrêté l'école très tôt puis après son divorce a élevé seule ses deux enfants.

Bien entendu on a parlé de Frédéric, mais difficile d'en dire quelque chose. On ne saura sans doute jamais exactement pourquoi il a tiré sur ce garçon, il n'a rien expliqué à personne, même au tribunal il est resté silencieux. Selon l'article de *La Provence* Frédéric se débattait dans des difficultés financières insurmontables et je me demande depuis longtemps ce qui détermine la façon dont à l'intérieur d'une fratrie certains parviennent à bâtir quelque chose, s'entourer, accéder à un travail qui les intéresse, construire une famille, quand d'autres ne décollent pas.

Et puis il y a les mères. Celle de Frédéric a eu deux fils, l'un est mort à vingt-cinq ans et l'autre est en prison. Catherine m'a dit : « Tu la vois, elle est là et en même temps elle n'est pas là. »

Dans le bus :

« Moi ça m'a estomaquée c'était un type il a donné un coup de couteau vraiment direct un coup de couteau vous vous rendez compte la fille elle l'a pas vu venir et tchac un coup de couteau je vous le dis un coup de couteau comme ça la fille du Chaoui depuis elle pleure elle peut pleurer ils avaient égorgé son père dans sa cellule là moi je vous le dis un coup de couteau ils étaient venus le chercher un soir et on l'a jamais revu vivant mais là quand même un coup de couteau en plein jour la fille elle avait rien fait et il lui saute dessus et voilà moi je vous le dis elle avait rien fait elle marchait dans la rue et voilà le type lui donne un coup de couteau vous le croyez moi je le sais je vous le dis du sang partout il y avait du sang partout moi quand j'ai vu ça une horreur j'étais jeune et j'ai crié j'ai crié tout ce sang ça ne s'oublie pas ce genre de choses bien sûr que j'ai crié mais là cette fois c'est pas pareil la fille elle était dans la rue et le type il sort de nulle part avec un couteau et tchac et alors

– Madame s'il vous plaît vous pouvez arrêter de parler ? »

Un matin au bistrot on discutait politique. Dans la rue un petit marché s'était installé. Des filles de Lutte ouvrière et des mélenchonistes tractaient : *Pour que le tram et le métro arrivent dans les quartiers nord.*

Les mouettes au-dessus de nous.

J'ai rejoint l'arrêt de bus, c'était le terminus de la ligne et le véhicule garé là ne partait que dix minutes plus tard. Le chauffeur a salué quelqu'un – Comment ça va aujourd'hui ? – et s'en est allé boire son café au PMU. Un préado aidait une mamie à monter à bord.

De nouveau ce jour-là je décide de rejoindre le quartier où j'habitais quand j'étais petite, là où a été tourné *Le Trio infernal.* Le bus emprunte un parcours un peu inattendu, il fait toutes sortes de détours et j'en profite pour noter ce qui a été modifié – des ronds-points ont été construits mais il y a toujours des terrains vagues, ces espaces énigmatiques. Soudain surgissent des lieux que j'avais complètement oubliés, je m'empresse de descendre et me retrouve devant l'impasse où je suis née – ce n'est pas une blague, je suis réellement née dans une impasse, dès le début c'était mal parti.

Être ici me pétrifie. Je regarde autour de moi et c'est très étrange parce que rien n'a changé. À quelques pas il y a des immeubles neufs mais en cherchant bien on trouve comme ça des recoins qui n'ont absolument pas bougé depuis au moins l'entre-deux-guerres, et ces maisons n'ont pas été abattues – comme si elles m'attendaient.

J'ai vécu dans cette impasse jusqu'à l'âge de quatre ans, mes parents étaient locataires d'une vieille dame. Après on s'est installés un peu plus loin mais on revenait de temps en temps lui rendre visite. Je me souviens qu'elle parlait italien avec ma mère, elle était très gentille et son mari aussi, je crois que tous deux étaient des Juifs romains et qu'ils ont élevé leur petite-nièce dont les parents avaient été déportés.

Sous le regard soupçonneux d'un homme accoudé à sa fenêtre je remonte la rue pour rejoindre le centre du quartier. Je me souviens qu'une famille vivait dans cette maison, qui sait combien d'enfants il y avait, la mère on les lui retirait à la naissance parce qu'elle était incapable de s'occuper d'un bébé. Ils étaient pris en charge puis on les lui rendait quand ils avaient six ou sept ans. Un de ses fils était en classe avec moi. Je me souviens de ses grands frères, ils réparaient des voitures devant chez eux. À leurs côtés des filles passaient leurs journées à s'emmerder en fumant des cigarettes. Je ne sais pas trop quels trafics ces garçons organisaient, ils allaient parfois en prison, en ressortaient. Est-ce l'un d'eux qui m'observe depuis sa fenêtre ?

Je retrouve l'esplanade en terre battue où encore aujourd'hui des hommes jouent méthodiquement à la pétanque. Des gitans ancestraux discutent et je ne comprends rien à ce qu'ils racontent. Je visite une rue après l'autre et à ma grande surprise je reconnais sur les boîtes aux lettres les noms de famille de copains d'école à l'endroit même où ils habitaient. À lire les prénoms – Lina, Enzo – je suppose qu'il s'agit de leurs enfants, installés là où leurs grands-parents ont vécu.

Le temps est magnifique, un ciel bleu sans nuages, je traîne et refais ma promenade préférée de quand j'étais ado certains jours où je m'ennuyais à mourir, descendre la rue qui va jusqu'à la mer et revenir. Gianna Naninni par une fenêtre ouverte, Lutte ouvrière LFI et le PC sur les murs.

J'étais venue à Marseille pour réfléchir à notre histoire commune et finalement je n'ai réfléchi à rien, me contentant de noter dans un petit cahier des souvenirs et des conversations attrapées au vol, écoutant avec ravissement ce français inventif que les gens parlent là-bas. Je me demande ce que les différentes langues présentes dans la ville lui ont apporté. Des mots d'arabe ou de berbère surgissent ici et là, un jour j'ai entendu « zahma ! » qui résume à lui seul mes années de collège. On disait ça sans arrêt et je ne sais pas comment le traduire, tout ce qui me vient à l'esprit semble moins captivant. Le fantôme de la langue italienne se devine dans certaines constructions de phrases. Je ne sais pas si c'est toujours le cas mais dans le temps des gens disaient « pourquoi » à la place de « parce que » – en italien c'est le même mot : *perchè*. Je me souviens d'une leçon en CE2 sur les relatives de cause et de conséquence. L'institutrice explique la différence entre les unes et les autres et pour finir nous menace : si elle entend encore quelqu'un dire « pourquoi » à la place de « parce que » elle le punira. Une fille lève le doigt : « Seulement quand on est en classe ou même si on est dans la cour ? » L'instit confirme : même dans la cour. « Et même quand vous êtes en dehors de l'école, si dans la rue je vous entends parler comme ça vous serez punis. » On est scandalisés : en quoi ça la regarde ce qu'on dit dehors ? Plus tard à la récré un garçon m'explique un truc et ça lui échappe : il dit « pourquoi » à la place de « parce que ». J'ouvre de grands yeux. Attention tu vas te faire punir. Il me répond qu'il s'en fout. J'ai toujours eu un faible pour les rebelles.

J'aimerais payer le voyage en TGV aux membres de l'Académie française, conduire les Immortels à l'Estaque juste pour leur faire écouter le français vivant que parlent les gens là-bas. Un instant j'ai l'image des vénérables académiciens dans le bus 35 qui longe les installations portuaires, puis installés au Bar des Amis. Je suppose qu'un certain nombre feraient directement un AVC tandis que d'autres iraient de désespoir se jeter à la mer. Facile, elle est juste devant.

Dans le bus, le jeune chauffeur a carrément mis Radio Nostalgie. *Bette Davis Eyes*. Une fille monte à bord : « Incroyable cette chanson ! Elle date des années 80, non ? » Ils bavardent comme ça un petit moment puis soudainement il lui dit : « Vous avez un bricoleur à la maison ? »

La fille semble désarçonnée, on peut voir qu'elle se demande s'il n'y a pas une invitation cachée là-dessous. Elle répond avec réticence : « Non, pas vraiment. »

Alors il explique qu'en fait il propose ses services. Il peut se charger de plein de travaux différents, plâtre peinture carrelage plomberie, tout ce qu'on veut. « Je vais vous laisser ma carte si vous voulez. » Elle s'inquiète : « Mais vous n'êtes pas chauffeur de bus ? » Il répond que oui, bien sûr, mais comme il travaille en journée continue ça lui laisse du temps. Alors voilà il fait sa pub auprès des usagers.

Un des derniers après-midi que j'ai passés à Marseille j'avais rendez-vous avec mon vieux copain Malik mais il a annulé, son père s'était éteint dans la nuit. Organiser le transport du corps en Algérie semblait être un casse-tête incroyable, il m'a dit qu'il n'y avait pas assez de place dans les avions pour que tous ses frères et sœurs puissent être du voyage. Ces Algériens arrivés dans les années 60 en France sont en train de mourir les uns après les autres dans le plus grand silence, et je regrette qu'il n'y ait pas plus de livres ou de films sur le sujet.

En y réfléchissant j'ai cherché dans ma mémoire des fictions dans lesquelles on aurait pu s'identifier, et en traînant au bord de l'eau j'ai pensé au *Grand Bleu*, sorti à la fin des années 80. On avait été subjugués : un film quasi hollywoodien tourné en Grèce et en Sicile. L'été suivant les garçons avaient tous adopté la coupe de cheveux ultra-courte de Jean-Marc Barr et se pavanaient à la plage. Quelque chose était raconté dans ce film et ce quelque chose nous ressemblait. Et puis il y a eu Robert Guédiguian. On m'a décrit une séance de *Marius et Jeannette* à Marseille : à la fin le public était debout, tout le monde applaudissait et tout le monde pleurait.

Un autre film m'a énormément marquée : *La Fièvre du samedi soir* de John Badham, qui raconte la vie quotidienne banale d'un jeune adulte (John Travolta) et de sa bande de copains à Brooklyn. Quand il est sorti en 1977 j'étais encore au collège et on est tous allés le voir. Je l'ai retrouvé avec émotion il y a quelques années, un DVD sur l'étalage d'une solderie. Je me souvenais de chaque scène. La part de pizza achetée dans la rue par Tony, la grand-mère qui radote en italien, les disputes familiales à table, les rivalités entre Latinos et Italo-Américains. Je vois bien pourquoi ce film a eu autant de succès dans le quartier : il nous parlait de nous, ce n'était pas si courant. Mais en cherchant de l'info sur internet je découvre à l'instant un article du *Nouvel Obs* qui me gifle : *Revoyez* Saturday Night Fever. *Ce n'est plus une comédie musicale. C'est un documentaire sur des pauvres types de banlieue, bas de plafond, sans avenir, sans horizon, sans rien. En 1977, les cailleras n'ont dansé qu'un seul été.*

Dans les familles issues de l'immigration italienne on avait souvent un oncle, un grand-oncle, des cousins installés aux États-Unis. Pour beaucoup d'entre nous c'était tout de même agaçant. On en voulait un peu à nos grands-parents, nos parents ou nos arrière-grands-parents qui avaient décidé d'émigrer et – tout ça pour ça – s'étaient échoués à l'Estaque et non aux États-Unis. On n'osait pas râler mais on trouvait qu'ils avaient joué petit bras. Grandir à Brooklyn ou dans le Bronx plutôt que dans les quartiers nord de Marseille aurait quand même eu plus d'allure. Le seul Cadeddu à avoir franchi l'Atlantique, Leonardo, le frère de mon grand-père Giacomo, ne s'est pas marié. Il a écrit dans ses lettres qu'il trouvait les Italiennes de New York bien trop dévergondées pour en épouser une : elles se promenaient tête nue dans la rue. Résultat, il n'a pas eu de descendance et moi je n'ai pas de cousins en Amérique. Quand j'étais gamine ça me rendait dingue, tout ça parce que les Italiennes de New York avaient laissé tomber le fichu.

Au bistrot :

« Alors il était dans la pizzeria en train de déjeuner et je lui ai demandé s'il allait au match ce soir et il m'a montré sa jambe et il m'a dit je ne peux pas. Je lui ai dit ben pourquoi, tu t'es blessé ? Moi je croyais qu'il s'était blessé et il m'a dit mais nooooon, et il a relevé le bas de son pantalon et m'a montré, il avait un bracelet électronique. Il m'a dit qu'il n'avait pas l'autorisation d'aller au Vélodrome. Moi je ne me souvenais pas qu'il était en conditionnelle, apparemment la nuit il dort en prison. »

J'ai bien sûr profité du séjour pour voir mes vieux amis de lycée que je n'ai en fait pas quittés depuis l'adolescence. On est comme ça une petite dizaine et je ne sais absolument pas comment on s'est choisis au tout début des années 80 parmi les centaines d'élèves du Lycée nord, je leur pose la question chaque fois que je les vois et personne n'a jamais trouvé la réponse.

Luc est venu me chercher pour aller déjeuner à la pizzeria de Philippe. J'étais à peine assise dans sa voiture qu'il s'est mis à parler politique, en s'énervant bien entendu – si la gauche avait su se débrouiller elle aurait été au second tour et Le Pen éjectée vite fait. Le sujet nous a occupés tout le trajet. On est passés devant une cité HLM où j'allais souvent quand je vivais encore à Marseille, des cousins habitaient là et une de mes copines aussi. Je n'y connais plus personne aujourd'hui.

Construite à la sortie des quartiers nord dans une zone commerciale, la pizzeria avec sa terrasse ombragée est le

QG des anciens du lycée. Je serre dans mes bras Philippe et Pascale que j'adore depuis toujours. On s'installe, à la table voisine ils se disputent pour savoir ce qu'il fallait voter, Roussel ou Jadot ou Mélenchon ? Fatiha nous rejoindra plus tard parce qu'elle fait ramadan, Patrice et Cécile sont arrivés, Cyril aussi, Didier et Sabine vont venir mais ne resteront pas longtemps. J'avais été prévenue : il l'a appris récemment mais Didier est atteint d'une maladie grave, un truc épouvantable qui le paralyse, c'est une catastrophe. Patrice m'explique que notre groupe de copains a fondé une association, il faut réunir des fonds pour l'aider car son état s'aggrave à toute vitesse. L'urgence est de transformer sa maison pour la rendre accessible en fauteuil roulant. Le propriétaire est d'accord mais ils doivent se charger des travaux et les financer. Ils ont organisé un grand repas qui a permis de récolter de l'argent mais pas assez, d'autres événements sont prévus et en attendant on peut déjà adhérer à l'association en payant une cotisation.

Je suis toujours impressionnée par leur sens du collectif, c'est dans leur culture. Évidemment je veux adhérer, il faut aller sur un site qui s'appelle HelloAsso ou quelque chose comme ça. J'essaie avec mon téléphone portable mais je n'y comprends rien à ce site, je m'énerve, je finis par sortir mon portefeuille et donner de l'argent liquide à Patrice, écoute tu feras mon adhésion à ma place je ne vais pas y passer la journée. Autour de la table tout le monde s'étonne « c'est pourtant simple ». On rit, ça a toujours été la même chose : je suis la moins dégourdie de tous, depuis que je suis ado ils m'aident. Heureusement que je les ai trouvés sur mon chemin je n'aurais peut-être pas survécu.

Philippe dépose devant moi une pizza arménienne – on n'en trouve pas à Paris et je me demande bien pourquoi, c'est une tuerie. Tout le monde est là et je me tords de rire toutes les cinq minutes parce que comme toujours la moindre anecdote racontée est incroyablement drôle. Je ne ris jamais autant qu'avec des Marseillais, à Paris personne ne possède leur humour. Puis on se met à parler politique et là on ne rigole plus du tout : rien ne va dans ce pays, on est d'accord. Cyril s'énerve : la gauche c'est devenu n'importe quoi, on s'est fait avoir, lui il ne vote plus depuis longtemps.

En fin d'après-midi Luc me ramène à l'Estaque : « Ce quartier plein de *Babis* » – du temps de nos parents c'est comme ça qu'à Marseille on appelait les Ritals, j'avais oublié. Il me parle de sa famille maternelle, sarde comme la mienne. Ce sont ses arrière-grands-parents qui ont émigré, il ne sait pas très bien quand. Ils sont venus avec leurs enfants, ont travaillé quelques années puis sont retournés en Sardaigne, tous sauf leur fils aîné, futur grand-père de Luc qui me dit : « On ne sait absolument pas pourquoi il n'est pas reparti là-bas. » Il semble toujours éberlué par la décision de son grand-père. « Il est resté ici, il a épousé une Corse qui était là et ils ont eu ma mère. » Je l'interroge sur sa famille paternelle, des Italiens de Tunisie arrivés ici à la décolonisation. Son père a pu avoir la nationalité française parce qu'il était né après 1942. Je ne comprends pas grand-chose à cette histoire mais je veux bien croire Luc dont la lignée me semble s'apparenter à une suite de rebondissements.

C'est peut-être ce qui est compliqué pour certains d'entre nous, les Français issus de l'immigration. Toutes ces histoires rocambolesques d'arrivées et de départs, de sauts dans le vide et d'arrachements surhumains, ces aventures entendues et réentendues, nous avons grandi dans leur réverbération. J'ai tenté d'en parler dans le roman que je ne publierai sans doute jamais. Encore aujourd'hui je suis comme Luc déconcertée par le parcours de mes ancêtres :

– Mon grand-père maternel Giacomo Cadeddu et ses frères qui sous prétexte qu'ils ne s'entendent pas avec leur beau-père quittent carrément leur pays.

– Mon arrière-grand-père paternel Giuseppe Carlini qui va acheter une femme à l'orphelinat et l'embarque pour l'inconnu.

– Mon autre arrière-grand-père paternel Gianni Tanette qui veut épouser Valentina Scarampi mais la famille n'est pas d'accord. Alors une nuit il l'enlève, ils s'enfuient du village sur un vélo qu'ils vendent à leur arrivée dans la ville voisine pour s'acheter un billet de train jusqu'à Gênes et là ils prennent un bateau pour Marseille.

Tous et toutes, ils étaient capables de faire des choses absolument incroyables. Voilà ce qu'on nous a dit et redit sur eux.

Et nous on avait une vie si peu intéressante. Et moi j'étais si peu dégourdie.

Mais ces histoires personne ne les connaît, se lamente mon amie Fatiha alors qu'on se balade en ville la semaine suivante. Je me souviens de celle de ses parents. Au début des années 60 sa mère adolescente vit dans un petit village de l'Oranais, en Algérie. Ses parents veulent la marier à un voisin, elle s'enfuit, on la rattrape. On lui propose alors d'épouser un cousin émigré en France et elle accepte, au moins elle quittera ce bled paumé. Sur le bateau elle rencontre un jeune Kabyle aux yeux clairs – le futur père de Fatiha. Ils se mettent d'accord. Arrivée en France elle se marie comme prévu, demande le divorce et épouse son beau Kabyle. Fatiha me fait remarquer que ces histoires constituent le cœur de Marseille et elle a raison, je dirais même qu'elles sont au cœur du pays mais ça ne m'étonne pas qu'elles aient été invisibilisées, les aventures invraisemblables de ces immigrés audacieux. L'histoire de nos familles à nous se déroule à une époque où beaucoup de Français d'origine française sont encore terrés dans leur village ou leur ville de province à écouter attentivement ce que leur dit monsieur le curé, quand nous on avait déjà tout envoyé balader.

Extrait du roman que je ne publierai sans doute jamais

Un jour j'avais entendu parler à l'école de cet animal mythologique qu'on appelle le basilic et en rentrant à la maison j'avais demandé à mon père si ce monstre terrifiant avait un rapport avec la Basilicate. «Bien sûr que oui, il y en avait plein là-bas. Ton grand-père et ses frères quand ils étaient jeunes se battaient contre eux.»

J'avais demandé à Massimo de me raconter comment c'était de se battre contre un basilic. Il avait eu un sourire amusé et n'avait rien répondu, genre les vrais guerriers ne se vantent jamais de leurs exploits.

Alors j'étais allé voir ma tante Louise, la sœur de mon père, je voulais savoir si tout ça était vrai. Elle avait ri et m'avait dit que bien sûr ces monstres avaient existé. Ils ressemblaient un peu à des dragons mais contrairement aux histoires d'ici ils ne crachaient pas de feu et heureusement parce que sec comme c'est là-bas… Mais ils avaient une particularité : si tu les regardais dans les yeux tu mourais. Alors c'était très compliqué de les combattre et il n'y avait qu'une seule méthode : foncer tête baissée et frapper le basilic jusqu'à ce que tu sentes ses forces faiblir sous tes coups. Là tu pouvais en être sûr, il était mort.

Il y avait très longtemps, ces créatures infernales venaient rôder le soir dans les alentours des villages et si des femmes s'attardaient à la nuit tombée sur le chemin du lavoir ils les attrapaient. C'est comme ça qu'étaient nés des enfants-dragons.

J'avais ouvert de grands yeux : Ils étaient comment ?

Seuls les garçons étaient à moitié dragons, m'avait expliqué Louise. Ils avaient un corps couvert d'écailles. On ne pouvait pas imaginer élever des monstres pareils alors on les tuait à la naissance. On les jetait dans un ravin qui encore aujourd'hui s'appelle le ravin des Dragons. Les filles par contre semblaient normales, elles avaient forme humaine, alors on les gardait. Mais, avait ajouté Louise un ton plus bas, c'était très risqué ! De temps en temps une de ces filles héritait du terrible pouvoir de son père dragon. On s'en apercevait une fois qu'elle avait grandi, d'un seul coup d'œil elle pouvait te tuer.

Tout le problème est là : comment j'aurais pu m'en sortir, moi, avec ma vie sans intérêt, alors que mon grand-père s'était battu contre des dragons ? À plus de cinquante ans je ne m'y suis toujours pas habitué.

Sur le bateau-navette qui relie l'Estaque au Vieux-Port, le vent envoie des embruns sur les passagers. Une femme à sa copine :

« Tiens regarde je suis bipolaire, je suis mouillée d'un seul côté. »

Aujourd'hui j'étale mes notes devant moi et le doute me saisit : est-il bien raisonnable de ramener à la vie le continent disparu des italophones des quartiers nord ? Je ne suis même pas certaine de trouver une fin à ce texte. Pourtant je continue à écrire. Je cherche dans mes souvenirs ce qu'on aurait bien pu me raconter sur Giuseppe Carlini et Paolina Gontiero.

Depuis longtemps je suis fascinée par le peu d'informations qui circule à l'intérieur des familles à propos des ancêtres disparus. Les descendants ont presque tout oublié de tel ou tel aïeul et d'une génération à l'autre se construit toute une mythologie autour de quelques infimes histoires – un exploit, un trait de caractère, une habitude. Reste à savoir quel type de récit la famille a voulu, consciemment ou non, édifier. Sur Giuseppe Carlini on m'a raconté et re-raconté une seule chose, et elle est essentielle.

On est au tout début du XXe siècle et les ouvriers sont payés chaque fin de semaine en liquide. Que font-ils une fois la somme empochée ? Je les imagine se retrouvant au bistrot ou sur des bancs face à la mer – la semaine est finie et ils peuvent souffler un peu. Apparemment Giuseppe était alors capable de donner sa paie entière au premier venu qui demandait l'aumône. Il pleurait à l'écoute de ses malheurs et lui remettait son argent. Voilà. Je ne sais rien de plus sur mon arrière-grand-père Giuseppe Carlini car cette anecdote est la seule à avoir été considérée suffisamment importante pour être transmise jusqu'à moi. On en était fiers, finalement, et quelque chose de fondateur se cache sans doute là : une dinguerie assumée, un détachement face à ce qui est matériel, un sens revendiqué de la solidarité, une façon de résister à ce que le capitalisme naissant voulait faire de nous : des pauvres asservis à l'espoir de rejoindre la classe moyenne. Grâce à mon arrière-grand-père on était au-dessus de ça.

Et sur mon arrière-grand-mère Paolina Gontiero, femme de Giuseppe Carlini, on ne m'a raconté qu'une seule chose : elle élevait ses enfants dans un désordre indescriptible. Ça m'avait fait rire.

Devenue jeune adulte ma grand-mère Rose Carlini, dernier enfant de Giuseppe et Paolina, a changé de prénom. Jugeant soudain le sien décidément trop commun elle a choisi quelque chose de plus original et a demandé à ceux qui l'entouraient de l'appeler désormais comme ça. Ses parents, ses frères et sœurs, les voisins et toutes ses amies lui ont obéi sans poser de questions. Cette volonté de décider seul de plein de choses, je la retrouve tout le temps dans le parcours de cette famille.

J'étais petite quand Rose Carlini est morte mais je me souviens encore de la façon dont elle parlait. Elle employait des constructions grammaticalement parfaites, c'était presque troublant. Par exemple elle était capable de dire « nous sommes allés » quand n'importe qui aurait dit « on a été » et marquait très précisément les négations avec « ne… pas ». J'ai mis quarante ans à comprendre que ses phrases sortaient tout droit d'un livre de lecture d'avant-guerre, c'était le français qu'elle avait découvert pendant les quelques années où elle avait pu fréquenter l'école, quand elle était enfant.

Je sais qu'assez jeune elle a trouvé un emploi de couturière dans un atelier de confection en centre-ville et j'imagine qu'elle avait toutes sortes de projets pour sa vie mais elle s'est retrouvée enceinte de mon père. Une fois mariée elle a continué à travailler et partait tôt le matin en laissant son bébé aux femmes âgées de la famille, elle n'a pas eu envie de se comporter en mère attentionnée. Pourtant, aller vivre ailleurs que dans ce quartier où elle était entourée des siens, l'idée ne l'a même jamais effleurée. Leur maison au-dessus du canal était toujours ouverte et on m'a raconté les gargantuesques déjeuners du dimanche, longtemps avant ma naissance, quand tout le monde était encore vivant. La grande table sous la tonnelle, les gens qui arrivent au long de la journée pour le déjeuner, le café, le pousse-café, la famille proche et moins proche et ils étaient nombreux.

Que restait-il de cet univers quand Frédéric et moi on était petits ? Beaucoup étaient déjà morts, en tout cas tous mes arrière-grands-parents, les italophones, ceux qu'on appelle en France la première génération. Et nous les enfants on a commencé à partir dans tous les sens comme des canards sans tête.

Dans le bus, deux jeunes garçons :

« C'est parce que je fais du sport. Oui je m'entraîne deux soirs par semaine et le matin je mange du fromage blanc 0 % avec des corn flakes mais c'est pas des corn flakes normal, c'est des corn flakes exprès, comme elles mangent les femmes, tu sais dans la pub ils sont tous en maillot de bain. »

J'y suis allée à Tornavallo, j'ai voulu voir de mes yeux le village natal de mon arrière-grand-père Giuseppe Carlini. Cet été-là avec Lucien on s'était retrouvés en Italie sans avoir rien organisé, j'étais en train de travailler sur ce roman qui ne verra sans doute jamais le jour et les quelques informations que je possédais sur les Carlini m'intriguaient, aussi j'ai proposé à Lucien d'aller là-bas. Il a spontanément accepté, voilà des années que Lucien ne se pose plus vraiment de questions sur mes lubies.

Alors je me suis promenée dans le village, j'ai pris des photos, j'ai arpenté le cimetière tombe après tombe à la recherche de l'hypothétique mention d'un quelconque ancêtre. Un vieux monsieur intrigué m'a demandé ce que je faisais là et quand je lui ai annoncé être une descendante des Carlini il a affirmé n'avoir jamais entendu ce nom.

J'ai quand même déniché deux ou trois vieilles tombes marquées Carlini, mais aucune ne me semblait assez ancienne pour être celle des parents de mon arrière-grand-père. D'après les dates gravées les gens enterrés là étaient sans doute les enfants de son ou de ses frères et je n'en ai vu aucune de récente, comme si tous les Carlini s'étaient finalement enfuis de ce village.

J'ai confié ma perplexité à Lucien qui m'a dit : « Mais peut-être que vous n'êtes pas du tout d'ici. Peut-être que les parents de ton arrière-grand-père se sont installés là pour une raison ou une autre et qu'ils ont élevé leurs enfants dans ce village mais en fait vous venez d'ailleurs et vous n'êtes pas restés. »

Comme si ce n'était pas assez compliqué.

[Alors que je suis en train de relire mes notes je pense au roman de Gabriella Zalapì, *Willibald*. Dans ce texte construit à partir d'archives personnelles elle décrit une famille où *depuis sept générations, personne n'est né et mort au même endroit*. La phrase me marque, je rencontre Zalapì et elle me dit qu'en effet c'est la réalité de ses ancêtres. Elle-même est née à Milan et n'ira sans doute pas mourir là-bas.]

À Tornavallo je n'ai pu m'empêcher de ressentir une légère déception. Je trouvais l'endroit au mieux sympathique, sans plus. Il manquait d'originalité. J'essayais d'imaginer mon arrière-grand-père jeune, dans son village, mais c'était trop lointain et je n'imaginais rien, je ne m'identifiais pas, comme si je n'avais rien à voir avec ces lieux alors que je me suis toujours sentie spontanément chez moi à Naples dont je ne suis pas originaire, sans doute parce que certains coins de Naples ressemblent à Marseille.

[C'était il y a quinze ans peut-être. Avec Lucien et nos garçons encore petits on passait nos vacances je ne sais plus où en Méditerranée. Comme d'habitude je les avais traînés dans un endroit improbable et ignoré des touristes. On s'était baignés sur une jetée où bavardaient des mémés assises sur des pliants, on avait pris le café dans une gargote avec une terrasse en ciment, à côté de nous des ados jouaient au baby-foot, plus loin des hommes silencieux tapaient le carton. On observait tout ça et j'étais démesurément enthousiaste. Lucien m'avait dit : « En fait tu passes ton temps, été après été, à rechercher la Méditerranée que tu as connue quand tu étais petite, dans les environs de l'Estaque. »]

Tornavallo m'a laissée sur ma faim mais j'ai été séduite par la petite ville voisine, Salina, où mon arrière-grand-mère Paolina Gontiero a été « *esposta* », selon ce qui est écrit sur le certificat de mariage rédigé au consulat italien de Marseille. Un mot que je dois traduire il me semble par « déposée » plutôt que « exposée ». Déposée et non pas née. Officiellement soudain elle a fait son apparition à l'orphelinat sans qu'on puisse savoir où et quand elle avait vu le jour.

Salina est une sympathique bourgade typique de l'Italie du Nord, une succession de placettes, d'églises minuscules, de rues tortueuses bordées d'arcades. Je m'y promène et à l'heure de la passegiata je propose un spritz en terrasse à Lucien. On s'installe sur une grande place, c'est un beau samedi d'été, le soir tombe et toute la ville semble s'être réunie là, les ados, les familles, les couples d'amoureux, les vieux. J'en suis à mon deuxième spritz-campari quand un garçon apparaît avec tout un matériel de karaoké. Son arrivée est chaleureusement applaudie. Le temps de brancher ses amplis, il pianote sur le clavier d'un ordinateur portable et les lieux sont envahis par quelques notes d'intro qui me sidèrent.

Parce que ce très jeune homme se met à chanter *Io vagabondo*, un vieux succès des années 70. Je n'avais pas entendu cette chanson depuis si longtemps, et voilà que plein de gens se joignent à lui et entonnent avec ferveur « *Chissà dov'era casa mia* ». Je sors mon téléphone – qui sait où était ma maison – je filme la scène, « *Vagabondo che son io, vagabondo che non sono altro* » et je suis envahie d'une infinie tristesse – vagabond que je suis, vagabond je ne suis rien d'autre.

Devant la boulangerie quelques tables sont disposées sur le trottoir. Deux amies installées là bavardent. Un jeune passe :

« Oh mesdames, on dirait un épisode de *Plus belle la vie*. »

Quelques jours après avoir revu Catherine j'ai déjeuné avec Sandra sur le Vieux-Port. Sandra est une Carlini, son grand-père était un des frères de ma grand-mère paternelle. J'aime beaucoup Sandra, on a exactement le même âge, longtemps on était quasiment voisines et nos pères en plus d'être cousins étaient très copains. On fréquentait le même collège et ensuite le même lycée, moi en section scientifique et je suis devenue critique littéraire, elle en section littéraire et elle est devenue laborantine. Bravo les conseillères d'orientation!

J'ai interrogé Sandra sur Giuseppe Carlini, notre arrière-grand-père commun qui est allé se chercher une femme à l'orphelinat, j'espérais qu'elle en saurait plus que moi sur cette histoire mais ce n'est pas le cas. Sandra en revanche m'a rappelé mille anecdotes sur notre enfance, j'avais tout oublié. Je me souviens par contre qu'elle était absolument adorée de ses parents, ça m'impressionnait quand j'étais petite.

Et puis elle m'a parlé de sa famille maternelle. Son arrière-grand-père possédait une pizzeria à Rome et avait trois grands garçons dont il était très fier, il pensait leur léguer son restaurant. Mais les fascistes sont arrivés au pouvoir et ont assassiné le petit dernier, ils l'ont forcé à boire de l'huile de vidange et l'ont torturé. Alors l'arrière-grand-père a vendu tous ses biens, avec sa femme et les deux fils qui leur restaient ils sont venus à Marseille et comme les Carlini ils ont tous travaillé dans une tuilerie.

Ce jour-là avec Sandra on s'est souvenues de notre grand-oncle Simon, mort très âgé au début des années 70. Simon était adolescent quand les Carlini ont obtenu la nationalité française, l'année suivante il a commencé son service militaire, la guerre de 14 a éclaté et il a été mobilisé – ça valait le coup de nous naturaliser, à l'époque. Il a été blessé et est revenu du front invalide à vie. Quand on l'a connu il était en fauteuil roulant et ne sortait plus de son petit appartement en haut d'une tour HLM. On s'est aussi souvenues de nos cousins grecs. La sœur de la grand-mère de Frédéric a eu une fille qui a épousé un jeune homme d'une famille venue du Péloponnèse. Au mariage les hommes dansaient le sirtaki en se marrant comme des fous, avec Sandra on avait trouvé ça génial.

Et puis on a parlé de Frédéric et de sa condamnation. Sandra a depuis longtemps perdu de vue Catherine et Frédéric, et Jean-Michel qui s'est tué quand on était jeunes oui bien sûr elle savait. Elle se souvenait surtout de quand on était petits et qu'on jouait tous ensemble chez nos grands-mères. Puis les vieux de notre famille sont morts les uns après les autres, cette partie ancienne du quartier a été détruite, on a été dispersés et Sandra n'a plus vraiment eu l'occasion de croiser Frédéric. Je lui ai raconté que j'étais allée boire un café chez Catherine et elle m'a avoué qu'elle ne la reconnaîtrait peut-être pas. Je lui ai dit : mais oui, souviens-toi, Catherine est l'exact portrait de Claudia Cardinale. Et Sandra a souri.

Après ce déjeuner je suis rentrée directement à l'Estaque et avant de rejoindre ma chambre je me suis installée en terrasse sur le port, je relisais mes notes en écoutant ce qui se disait autour de moi. Un projet fou a surgi dans mon esprit : interroger l'un après l'autre les clients du café à propos du parcours de leur famille. Je me voyais en train de m'asseoir tour à tour devant chaque table et écouter ce que tous ces gens avaient à raconter. Tant d'histoires humaines incroyables, tant de pays de départ, l'Italie, l'Espagne, les Comores, l'Algérie, le Cambodge. Et toutes ces épopées la plupart du temps renferment une blessure insondable qui revient parfois hanter certains d'entre nous, deux ou trois générations plus tard.

Dans la rue, une jeune maman :
« Mélina viens ma chérie, viens que là tu vas tomber. »

Il faut toujours retourner à internet, cette mer qui sans cesse ramène d'inattendues vieilleries sur ses rives. Ce matin j'ai tapé machinalement le nom de Cadeddu dans Google et en fouillant un peu plus que d'habitude je suis tombée sur deux archives que je n'avais pas encore vues.

– L'une est le bulletin mensuel d'une association militant pour l'amélioration des conditions de vie en milieu carcéral. Il est daté des années 90 et sur la première page un article recense un certain nombre de révoltes dans différentes prisons françaises – l'auteur parle d'un « cycle ». Il se termine par le compte-rendu d'une audience dans un tribunal correctionnel où des détenus ont été jugés pour *séquestration et violences sur des agents de l'administration pénitentiaire* – ils avaient organisé une mutinerie et mis à sac le centre de détention où ils étaient incarcérés. Peu de temps avant ils avaient créé un CPEL – j'apprends que le sigle signifie « collectif de prisonniers en lutte » – et envoyé leurs revendications par courrier au procureur. Je lis l'article jusqu'au bout et je découvre que Bruno Cadeddu était un des meneurs de la révolte.

– L'autre archive est un document administratif en accès libre car très ancien. Il stipule que le père de Bruno, mon oncle César, a un jour été condamné pour contrebande. J'imagine que ça date du temps où comme ses frères il était camionneur. Ils faisaient régulièrement des trajets entre la France et l'Italie et en revenant passaient la frontière avec de la charcuterie et des bouteilles d'alcool planquées dans leurs remorques parce que c'était moins cher là-bas. Il me semble en effet avoir entendu dire que l'un d'eux s'était fait pincer – et avait recommencé de plus belle par la suite. Ma mère nous racontait les exploits de ses frères, c'était marrant, elle a toujours été très fière d'eux.

[Ma mère a toujours été fière de l'ensemble de ses frères mais elle avait un lien particulier avec César et Joseph. Quand ils étaient petits tous les trois pendant la guerre, ils ont été séparés de leurs parents. Si je ne me trompe pas, des prêtres catholiques ont mis en place un système pour conduire des enfants comme eux dans des régions rurales où on manquait de bras, puisque les ouvriers agricoles avaient été envoyés au front. Ma mère et ses frères se sont ainsi retrouvés chez des agriculteurs en Auvergne, ils fréquentaient la petite école du village, mangeaient à leur faim – et étaient utilisés comme fille et garçons de ferme. Ils avaient environ sept, huit et neuf ans, ignoraient s'ils reverraient un jour leurs parents et cette parenthèse de plus d'une année dans cet univers déstabilisant avait créé entre eux une relation très forte.]

[Ma mère m'a toujours dit que ces paysans auvergnats étaient très gentils mais qu'ils n'avaient de leur vie jamais vu de Méditerranéens et étaient restés bouche bée devant des enfants aussi bronzés. Elle leur avait expliqué l'histoire de ses parents, immigrés de Sardaigne qui se rencontrent en France et décident de se marier. La paysanne auvergnate lui avait répondu d'un ton sentencieux : « Oui mais toi il faudra que tu épouses un vrai Français. » L'histoire m'a été racontée plusieurs fois, à sept ans ma mère s'était pris ça dans la figure et quarante ans après elle en riait mais riait un peu jaune, moi je me revois l'écoutant incrédule, en quoi un immigré ou un descendant d'immigré ce serait moins bien qu'un paysan auvergnat ? Ça nous faisait marrer, on passait avec indulgence sur ce que cette phrase avait d'insultant pour nous, après tout c'était juste une vieille dame qui n'était sans doute jamais sortie de son village. Et puis dans les années 2010 je ne sais pas pourquoi – on ne sait jamais comment ces choses surgissent – j'ai commencé à entendre ici et là des déclarations d'hommes politiques ou d'éditorialistes déplorant qu'il n'y ait pas plus de « mariages mixtes » – c'était le terme employé – chez les descendants d'immigrés maghrébins. J'ai failli avoir une attaque.]

Je lis les deux documents sur internet, mon cousin leader d'une mutinerie en prison et son père condamné pour contrebande. Je me dis qu'on correspond à un cliché qui a un temps collé à l'immigration italienne, celui d'individus débrouillards et rétifs à toute autorité, et je me demande si c'est inconsciemment qu'on s'est coulés dedans. Depuis que j'ai commencé à écrire ce texte j'essaie de réfléchir à ce qui nous a constitués et certains éléments m'interpellent mais je ne sais dans quelle mesure ils ont été déterminants :

– Notre pays d'origine, j'ai lu un jour que fin XIXe il était ultra-violent. Il a traversé l'unification, plusieurs régions sont plongées dans un dénuement à peine imaginable, des mafias locales sèment la terreur et à l'époque l'Italie toute neuve cumule un nombre phénoménal d'homicides.

– Notre émigration, car nous sommes les descendants de gens soudain saisis par l'urgence de partir, poussés par le désir instinctif d'aller faire naître leurs enfants de l'autre côté de la frontière. Ce sont de jeunes adultes en rupture capables d'abandonner leurs vieux parents sans se retourner, portés par une détermination à la limite de l'inconscience qui leur permet de franchir des montagnes et de traverser la mer.

– Notre immigration dans un pays indéchiffrable, car notre histoire est celle d'individus qui descendent un jour d'un bateau et subitement ne comprennent plus rien et plus personne ne les comprend, comme s'ils étaient devenus sourds-muets.

– Notre installation en France, avec comme conséquence pour mes cousins et moi de grandir dans les quartiers nord de Marseille et non à New York ou ailleurs.

– Les conditions de vie épouvantables qui ont été celles au moins de la première génération.

– La façon dont ce pays gère l'accueil des nouvelles populations.

– La façon dont ce pays gère la situation des descendants de ces nouvelles populations, avec la sacro-sainte intégration à la française et son climat très marche-ou-crève.

– L'obligation pour beaucoup d'entre nous d'arrêter l'école très tôt.

– Le déterminisme social.

– Une organisation locale défaillante qui tient une ville entière en otage.

Etc., etc.

Quand et comment s'est rajoutée la politique là-dedans je ne sais pas exactement, je peux seulement constater qu'en juxtaposant les récits que j'ai entendus durant ce séjour à Marseille je retombe toujours sur les mêmes éléments : la révolte, le désir de vivre comme on le décide et pas autrement, le souci du collectif, la méfiance envers l'autorité, le refus de la fatalité, et tous ces éléments se mélangent jusqu'à donner une identité hybride et multiforme dans laquelle ma génération s'est coulée. Chacun a choisi ce qui l'arrangeait dans cette histoire – et a tout de même hérité de ce qu'il n'avait pas choisi.

Dans la rue :

« C'est un mec qui se bat tout le temps. Comme il est gentil et que ça se voit sur sa figure personne se méfie mais en fait c'est une boule de nerfs et s'il te donne un coup de tête il t'explose. Résultat l'autre jour je buvais un café avec lui, un type est venu nous allumer et bim il s'est retrouvé par terre le nez en sang. Il a rien compris. »

Peu après mon arrivée à Marseille un magazine m'a commandé un texte de fiction. Après un mois entier passé à retourner le sujet dans ma tête j'ai envoyé au rédacteur en chef une petite histoire qui mettait en scène un monde post-apocalyptique et des Méditerranéens isolés au fond d'une crique. Ils étaient amis avec des monstres marins et fomentaient une révolution. Je n'en sors pas.

Nous sommes là
(nouvelle publiée dans le hors-série «Comment nous pourrions vivre» du magazine Socialter*, octobre 2022)*

C'était un idéal de paysage méditerranéen. Des rochers blancs, quelques pins parasols sur les hauteurs, une mer étale d'un bleu pur, un ciel sans nuages, une grande crique magnifique. Malheureusement il y avait le campement et son lot de constructions anarchiques. J'étais venue réaliser un reportage, j'avais pour mission d'observer la population – ou communauté, je n'étais pas encore certaine du meilleur terme pour désigner le groupe d'individus qui s'était établi là. Je ne comprenais pas non plus comment ces gens se débrouillaient ni de quoi ils vivaient. La ville tout à côté s'était depuis longtemps vidée de la plupart de ses habitants. Les installations portuaires, sous surveillance militaire depuis des années, fonctionnaient encore plus ou moins, certes, mais le reste n'était pratiquement qu'une vaste zone jonchée de décombres.

Et eux vivaient là, ni vus ni connus, comme indifférents au désordre ambiant.

Dans un premier temps personne n'avait prêté attention à leur présence. Et le jour où l'on s'en était alarmé ils étaient trop nombreux et trop bien installés pour qu'on puisse les chasser sans que certains médias dissidents n'en fassent toute une histoire. En termes d'image, l'opération aurait été catastrophique pour les autorités.

Cela dit, longtemps on ne leur a rien reproché. Apparemment ces gens vivaient de la pêche, de la récolte de petits coquillages qu'ils trouvaient dans les rochers, ils les faisaient cuire et les mangeaient, ils ramassaient aussi des algues. Tout cela leur permettait de faire du troc avec des sortes de colporteurs qui se déplaçaient à bord d'une barque. Ils n'étaient pas les seuls à s'être installés en communauté autonome. Mais la plupart à l'avoir fait étaient des groupes constitués en associations qui avaient reçu une habilitation des autorités. En général, ils se spécialisaient dans l'agriculture ou l'élevage, repliés dans les départements ruraux du centre du pays. Ici, la première originalité résidait dans le fait qu'ils ne s'étaient déclarés nulle part. Leur groupe ne semblait se fonder sur aucune structure et ils ne donnaient pas l'impression d'être porteurs d'un projet d'organisation précis, tel que la réhabilitation d'un lieu par exemple, ce qui était le cas la plupart du temps. Surtout, leur baie rocheuse était située à seulement quelques encablures de la ville dévastée. On les a soupçonnés d'avoir compris comment tirer profit de la situation. Ils devaient connaître les décombres mieux que personne.

Voilà ce qu'on a commencé à leur reprocher : ils s'en sortaient trop bien. C'était forcément louche.

Je me souviendrai toute ma vie de mon arrivée sur les lieux. Je me tenais bras ballants à l'entrée de leur campement et je n'étais pas très rassurée. Au bord de l'eau, sur un quai sommairement maçonné, des hommes occupés à fumer ont interrompu leur discussion lorsque je suis apparue. Un vieux s'est approché et m'a demandé si je cherchais quelqu'un. J'ai dû expliquer. Voilà, j'étais journaliste et je voulais seulement discuter avec les habitants. Peut-être faire quelques photos, si c'était possible. Est-ce que je pouvais visiter leur village ? Je me souviens avoir employé le mot « village » et non « campement » pour ne pas le blesser. Derrière lui, les autres hommes me regardaient avec curiosité mais sans agressivité, juste un petit groupe silencieux. Le vieux a dit : « Bien sûr, vous pouvez entrer.

La Terre est à tout le monde que je sache.» J'ai tenté une ou deux questions : Depuis quand étaient-ils là ? N'avaient-ils jamais reçu la visite d'agents recenseurs ? Il a ri et m'a expliqué. Quand les agents recenseurs arrivent, eux ils partent se planquer quelque part et reviennent ensuite. Et pourquoi donc ? «Parce qu'on n'a pas envie d'être comptés.» Contrairement à ce que j'avais imaginé il répondait plutôt volontiers à mes questions. Si je comprenais bien, ils étaient déjà là à l'époque où la ville était prospère, et je n'en croyais pas mes oreilles. On ne les avait tout simplement pas remarqués.

Des mouettes tournaient au-dessus de nos têtes. Certaines se posaient ici et là autour de nous sur les rochers, sur les toits des cahutes. J'avais l'impression qu'elles surveillaient chacun de mes gestes, comme l'auraient fait des chiens de garde.

Le vieux monsieur a dit : «Allez, venez, je vous sers de guide.» On est entrés dans le campement et on s'est mis à déambuler entre les cabanes. J'avais la sensation d'être une de ces touristes du temps passé, au temps de la Prospérité, ces touristes qui visitaient comme ça des villages au Cambodge ou dans le sud du Maroc. Personne ne faisait particulièrement attention à moi. Les habitants étaient occupés à des tâches dont la finalité m'échappait. Autour d'eux, de petits enfants jouaient.

Devant chez elle une femme triait des coquillages dans un seau. Elle nous a regardés arriver et a souri. Le vieux monsieur l'a saluée sur un ton amical, juste quelques mots dans une langue que je ne connaissais pas. Elle était assise sur une chaise de camping en toile, comme on en voyait dans les années 60 du XXe siècle. J'ai pensé que son portrait ferait une super illustration pour mon reportage mais je n'osais pas encore sortir mon appareil. Je ne voulais effrayer personne. Tout en marchant j'interrogeais le vieux monsieur à propos de la construction du campement. Comment et pourquoi s'étaient-ils retrouvés précisément dans cette crique ? Il a ri : « Le hasard. »

Une sirène de bateau a soudain troublé le calme des lieux. Sans doute un cargo, le trafic maritime assurait les seules liaisons encore autorisées entre les continents.

Le vieux monsieur continuait à parler : « Nous étions là avant, disait-il. Avant la période prospère de la ville. Je n'étais pas né mais je le sais. Si vous voulez plus d'informations, les filles de l'association culturelle pourront vous aider. Je vais vous y conduire. » Et quand il a parlé des filles de l'association culturelle j'ai senti une pointe de fierté dans sa voix.

C'était sur les hauteurs de la crique, un peu au-dessus du campement, une cabane comme les autres, peut-être plus solidement bâtie. À l'intérieur des ados étaient occupés à aligner des chaises, à écrire sur des tableaux, ce genre de choses. Une jeune fille nous a accueillis. «Nous préparons une soirée-discussion autour de la révolution qui a débuté en Afrique du Nord».

On ignorait à peu près tout des émeutes qui venaient d'éclater dans le Maghreb, les communications avaient immédiatement été coupées. Pourtant j'ai noté qu'ici les gens avaient déjà décidé d'employer le terme de «révolution» et j'ai lu sur un des panneaux accrochés au fond de la salle: *Peut-on s'inspirer de cette expérience africaine?* La jeune fille s'est reprise, méfiante: «Mais nous ne faisons rien d'illégal, aucun représentant des autorités n'a interdit de parler de cette révolution, non?» Je l'ai rassurée: je n'étais pas flic de toute façon.

Le vieux nous a brièvement présentées avant de nous laisser, il avait à faire. La jeune fille s'appelait Elena et selon lui c'était la meilleure personne pour me parler de la crique. Elena était plutôt sympathique et s'est dite prête à m'aider. Je suis allée au plus direct: s'ils avaient depuis toujours refusé la visite d'agents recenseurs, je ne comprenais pas comment ils pouvaient avec certitude affirmer s'être établis dans cette baie avant même la période de la Prospérité. Elena m'a regardée avec condescendance. «Nous avons des archives, figurez-vous, qui attestent et de notre présence et de la nature de nos actions. Et conserver des archives n'a rien d'illégal, là-dessus aussi nous sommes béton.» Bien sûr que posséder des archives n'avait rien d'illégal. Les autorités n'avaient pas cru bon de légiférer sur le sujet, tout simplement parce que personne ne conservait plus d'archives depuis longtemps. Du moins on le pensait, et j'étais très étonnée d'entendre qu'ici ils en avaient. Mais quel type d'archives, d'ailleurs? Et où les conservaient-ils? Elena n'a pas vraiment répondu à mes questions mais a confirmé que la communauté avait commencé à accumuler des documents bien avant que la ville ne se vide, avant que le régime politique ne se transforme, et ils avaient continué. Elle m'a invitée à sortir du local de l'association culturelle pour profiter du soleil. Nous nous sommes installées devant la cabane. Une terrasse en surplomb avait été aménagée là, avec quelques chaises et une table, un lieu parfait pour prendre un café et discuter au calme. Depuis ce belvédère on pouvait admirer la mer à perte de vue. À nos pieds s'étalait le campement. Je pouvais voir que sur le quai, au bord de l'eau, le petit groupe d'hommes était toujours là, ils continuaient à fumer en bavardant.

Nous étions assises au soleil, Elena et moi, il faisait si beau ce jour-là. Des mouettes sont venues se poser sur des rochers autour de nous. D'autres tournaient en hurlant dans le ciel. Et Elena s'est mise à raconter.

À sa naissance la crique comptait à peu près le même nombre de familles qu'aujourd'hui. Au moment de ce qu'on a appelé la Prospérité ils avaient préféré rester là plutôt que d'aller s'établir en ville. «Nous n'y avons jamais cru, à cette prospérité. D'ailleurs nous n'avons jamais réellement apprécié la ville et sans doute les habitants ne voulaient-ils pas de nous. Déjà à l'époque on nous considérait comme des marginaux.» Je lui ai fait remarquer qu'il y avait alors des programmes d'intégration pour des gens comme eux. Sa famille aurait pu demander à en bénéficier, par exemple, et ainsi aller vivre en ville. Haussement d'épaules. «On n'avait pas besoin de s'intégrer. On était là, on travaillait. Personne ne venait nous embêter dans notre crique. Et selon moi on ne dérangeait personne.»

Je l'écoutais et je regardais la mer. Depuis quelques minutes d'étranges remous apparaissaient, comme si quelque chose glissait juste sous la surface de l'eau. J'ai fugitivement pensé à des monstres sous-marins puis j'ai chassé l'image. Au même moment, j'ai compris ce qui me chiffonnait depuis que j'étais entrée dans le local de l'association culturelle : comment depuis leur crique pouvaient-ils être si bien renseignés sur les émeutes en Afrique du Nord ? Je n'en savais rien. Elena parlait toujours.

Elle essayait d'expliquer ce que signifiait vivre ici au temps de la Prospérité, alors qu'elle-même était encore toute petite. Beaucoup de femmes de la crique partaient le matin pour travailler à la ville et en revenaient le soir – j'avais en effet entendu parler de ces contrats illégaux, ils permettaient à des exploiteurs d'employer des non-recensés. Une ligne d'autobus existait. Son terminus se réduisait à un poteau dans une sorte de terrain vague, une esplanade en bord de mer pas très loin de la crique. Il n'y avait pas même un abri. Ainsi les femmes attendaient l'autobus chaque matin, debout, immobiles en plein vent. Tout ceci était fini depuis longtemps. « Je n'aimais pas cette ville, quand on y allait tout le monde nous regardait de haut », a répété Elena. J'ai rappelé que, tout de même, la ville offrait à l'époque toutes sortes d'attraits et d'avantages. Personne dans cette crique n'avait jamais désiré une vie différente ? Nouveau haussement d'épaules.

Et puis le temps de la Prospérité s'était terminé, la ville avait commencé à se vider, le nombre d'emplois avait chuté. Les habitants de la crique étaient restés sur place, indifférents à l'effondrement. Ils étaient arrivés avant et ils seraient là après, voilà tout. Ils ont commencé à se débrouiller seuls. Conclusion d'Elena: «C'était ce qu'on avait toujours plus ou moins fait, cela dit. Les coquillages, les poissons, tout ça.»

J'étais tout de même étonnée par leur capacité d'adaptation. Je comprenais aussi qu'ils s'étaient toujours méfié des institutions, c'était comme une culture chez eux. Ils ne ressemblaient pas aux autres autonomes que j'avais pu interviewer. Ils étaient porteurs de quelque chose d'encore plus libre, de radical, dont l'origine m'échappait.

«Cette vie nous va bien et nous ne demandons rien. Et peut-être ne sommes-nous pas les seuls à avoir toujours douté du modèle libéral qu'on avait voulu nous imposer. Peut-être qu'il y a d'autres criques avec des gens comme nous», a ajouté Elena avec un sourire narquois. Cela faisait très longtemps que je n'avais plus entendu le mot «libéral», plus personne n'osait l'employer aujourd'hui. J'ai demandé :

«Et quel rapport avec votre intérêt pour les archives?

– On a collecté de la documentation et des témoignages sur tous ceux qui dans le passé ont protesté. Ce n'est pas seulement pour s'en souvenir. C'est pour analyser comment ils ont travaillé. Et pourquoi ils n'ont pas réussi. Pour ne pas se tromper, la prochaine fois.

– La prochaine fois ?

– La prochaine fois, quand on réussira. »

Elle continuait à sourire et j'étais un peu déstabilisée par son arrogance. J'ai de nouveau tenté d'en savoir plus sur le lieu où ils conservaient leurs archives. Est-ce que je pourrais être autorisée à le voir ?

Les mouettes étaient toujours plus nombreuses et désormais elles devenaient menaçantes. Leur vacarme s'intensifiait et l'une de celles qui tournaient au-dessus de nos têtes a foncé en piqué sur moi et m'a frôlée avant de s'éloigner en hurlant. Alors une sourde mélopée s'est élevée autour de nous, de longs mugissements déchirants qui semblaient sortir du fond de la mer.

Et je les ai vus.

Dans la baie, des animaux marins se rassemblaient. Ils arrivaient d'on ne savait où, depuis les grands fonds je suppose, et s'approchaient de la crique. Certains s'étaient déjà hissés sur des rochers. De ma vie je n'avais jamais entendu parler de ces monstres au corps glissant, c'était un cauchemar, et j'étais pétrifiée par leur étrange chant, ces feulements rauques qui sortaient de leur gorge. Dans la crique personne ne semblait troublé. J'ai reconnu de loin le monsieur qui m'avait accueillie à mon arrivée. Il était debout sur le quai et serrait dans ses bras une de ces créatures sorties de l'eau et du fond des âges. Comme s'il retrouvait un vieil ami.

J'ai regardé Elena avec angoisse, je ne comprenais rien à ce qui se passait. Elle avait l'air de beaucoup s'amuser, et surtout de se moquer de moi. « Ne vous inquiétez pas pour nos archives. Et ne vous inquiétez pas de nos moyens de survie. Nous sommes là depuis toujours, dans une crique ou une autre. Nous avons connu les Grecs et les Carthaginois, les Égyptiens et les Phéniciens. Nous avons connu les colonisateurs et les dictateurs. Nous sommes la Méditerranée elle-même et nous nous déplaçons d'un rivage à un autre selon nos envies. Allez dire à ceux qui représentent l'autorité qu'ils peuvent bien se lamenter sur la Prospérité perdue, allez leur dire qu'ils peuvent aussi rêver à tous les modèles d'oppression possibles. Nous saurons nous débrouiller, avec notre continent liquide, et nous leur résisterons. Car nous gardons pour toujours la mémoire des luttes que nous avons dû mener. Elles nous ont façonnés, elles ont fait de nous ce que nous sommes. »

Et un matin à ma grande surprise je me suis aperçue que le mois d'avril avait filé et qu'il était temps de rentrer à Paris. Mon séjour était presque terminé quand enfin ma cousine Lætitia a trouvé un créneau pour qu'on se rencontre. Lætitia est la fille d'une des sœurs de ma mère, on est à peu près du même âge et elle est incroyable. Elle a mené sa carrière professionnelle avec une efficacité redoutable sans avoir pu faire d'études et son indépendance m'a toujours impressionnée : elle n'a jamais voulu vivre en couple, trop ennuyeux, a élevé ses enfants seule et très bien. Je l'ai retrouvée dans une cantine branchée en ville, voilà quelques années qu'on ne s'était pas vues et j'ai pu constater que Lætitia est toujours d'une beauté époustouflante, une déesse grecque posée devant moi. On s'est raconté nos vies, on a beaucoup ri, je lui ai parlé de mon séjour à Marseille et je lui ai dit que j'étais allée voir notre cousin Bruno. Elle a eu un instant d'hésitation : « Il ne nous en veut pas ? »

C'est parce que Lætitia m'a dit ça que j'en ai pris conscience : depuis tout ce temps il me semble que je porte une sorte de culpabilité diffuse, même si a priori elle est injustifiée puisque j'étais petite quand Bruno a été incarcéré et tout juste au collège quand il a été condamné à la perpétuité. Qu'est-ce que j'aurais pu faire ?

Mais précisément, je n'ai rien fait.

Personne ne m'a rien expliqué. Je n'ai pas assisté au procès et cette histoire m'a échappé. Je sais que notre oncle Joseph a tenté d'aider Bruno et de remplacer son père décédé, c'était le rôle que la famille lui avait demandé d'endosser et il l'a endossé mais on ne peut rien contre une condamnation à perpétuité. Je ne sais pas très bien ce qui s'est passé par la suite. Antoine Inès Laetitia et moi, les plus petits des cousins, on a été tenus à l'écart. Les Cadeddu de toute évidence ne s'entendaient pas avec Lily, la mère de Bruno, je suis certaine de ne pas l'avoir revue chez nous après la condamnation. Nos parents parlaient de tout ça quand ils se retrouvaient le dimanche mais je ne me souviens pas de ce qu'ils disaient. Bruno a fait des années et des années de prison et je ne sais pas s'il recevait des visites au parloir, Joseph certainement, ma mère et ses sœurs j'en doute. Et moi qui l'ai si peu connu je garde quelque part une sensation d'impuissance, de n'avoir pu l'empêcher de commettre un meurtre, de n'avoir pu lui éviter la prison, de n'avoir pas compris ce qui se jouait entre les adultes. C'est un sentiment étrange, j'ignore s'il est répandu dans les familles de détenus. Et pour la première fois je m'en rends compte : Inès Antoine Lætitia et moi on n'était quand même pas bien grands quand Bruno a été condamné.

Je suis rentrée à Paris et j'ai repris ma vie habituelle, submergée par l'actualité littéraire. J'ai ramené de Marseille plus de questions que de réponses et pendant un moment je n'ai plus envie de réfléchir à tout ça, d'ailleurs je n'en ai pas le temps : avec Lucien on décide de déménager. Après vingt-cinq ans dans le même appartement il est grand temps de bouger et d'en profiter pour changer de quartier. J'en suis très heureuse quand soudain je réalise qu'il me faudra démonter ma bibliothèque.

Pendant des jours et des jours je trie mes livres, je tombe sur des romans achetés quand j'étais au lycée, en fac, d'autres me renvoient à mes toutes premières interviews, je retrouve mes notes entre leurs pages et j'ai l'impression d'éplucher ma vie étagère par étagère.

Mon père meurt à ce moment-là – je ne l'avais pas revu ni entendu depuis le jour où il m'avait parlé de Mai 68. Je fais un aller-retour à Marseille pour assister à l'enterrement et me retrouve dans le petit cimetière où reposent tous les Tanette depuis qu'on a mis un pied sur le sol français. Arrivent mes cousines Sandra et Catherine, notre petit cousin Jean-Yves que je n'ai pas revu depuis des années. On est là tous les quatre, enfants on a tant joué ensemble, tous descendants des Carlini réunis pour quelques instants seulement, et puis on se dispersera à nouveau.

Samira est venue me tirer de là, ma précieuse amie. Elle m'a guidée jusqu'à sa voiture et ramenée à la gare Saint-Charles. Direction Paris, chez moi.

La date du déménagement approche et je sors d'une armoire un vieux carton dont j'avais oublié l'existence. À l'intérieur je découvre tout un fatras de papiers, entre autres des lettres de Samira datées de l'été entre la 4e et la 3e (les téléphones portables n'existaient pas et durant les vacances on s'écrivait pour se raconter nos journées). Il y a aussi des cahiers d'écolière remplis de mon écriture rageuse – mes journaux intimes de quand j'étais ado, je les avais oubliés. D'abord je me dis que je ne veux pas voir ça, puis j'en ouvre un au hasard : *5 mai 78*. J'ai tout juste treize ans et je suis encore au collège. Je semble préoccupée par un certain Nicolas, je m'énerve parce que j'ai prévu d'aller en ville le samedi suivant avec mes copines et ma mère n'est pas d'accord alors que moi je rêve déjà d'un sandwich merguez-frites sur le Vieux-Port. Dans cette tentative d'une écriture supposée révolutionnaire parce que proche de l'oralité – de ça je me souviens – au milieu de cette logorrhée hétéroclite de pensées, d'anecdotes, de revendications et autres digressions soudain une phrase : *Cet aprèm j'ai croisé Lily dans la rue et je lui ai demandé l'adresse de Bruno pour lui écrire.*

Je n'ai absolument rien gardé en mémoire de cette rencontre, je ne sais pas si Lily m'a donné l'adresse de Bruno et je ne sais pas si je lui ai écrit, mais je sais désormais qu'à treize ans l'incarcération de mon grand cousin me préoccupe suffisamment pour que je veuille reprendre contact avec lui.

J'ai remis le cahier dans le carton que j'ai refermé avec un scotch épais. Je ne voulais plus rien savoir de mon adolescence.

Des mois et des mois se sont écoulés depuis ce séjour à Marseille et je ne suis pas plus avancée. Aujourd'hui je réfléchis, je continue à tenter de démêler notre histoire à mes cousins et moi, puis je me dis qu'il n'y a rien à démêler, notre histoire est celle de plein de gens.

Jusqu'à la fin de mes jours je me demanderais sans doute ce qui a déterminé les trajectoires de Bruno et Frédéric. Je m'interroge et je ne trouve pas de réponse, mes cousins qui entrent dans un bar et tuent quelqu'un je ne sais pas l'expliquer et je peux seulement constater que dans cette ville des dizaines de garçons ont commis et commettent encore ces homicides volontaires qui suivent toujours à peu près le même scénario. Un homme arrive quelque part et en tue un autre.

Je cherche sur le site du *Monde*. On est en 2024 et Macron est allé à Marseille pour promouvoir son opération « Place nette XXL » – qui ne me semble convaincre personne et bien sûr me rappelle le nettoyage des banlieues au kärcher proposé par Sarkozy en son temps.

Selon l'article du *Monde,* le trafic de drogue a causé là-bas en 2023 quarante-neuf homicides, mais combien de meurtres en tout sur la ville l'article ne le dit pas, et combien en dix, vingt ou trente ans je ne sais pas – tous ces morts pour rien et tous ces garçons enfermés. Et combien de frères, de sœurs, de cousins et de cousines touchés à des degrés divers, je ne sais pas non plus.

Notre histoire est une histoire collective.

Une chose est certaine, et là peut-être réside la clef du drame : ce sont des pauvres qui s'entretuent.

La classe dominante peut continuer à dormir tranquille.

Voilà trente ans que je ne vis plus à Marseille et je constate qu'encore aujourd'hui je transporte cette ville avec moi. Pour toujours j'ai quatre ou cinq ans au bout de la digue à l'Estaque et mon grand-père Giacomo me fait regarder la mer. Pour toujours je suis ado dans ce bordel et à l'étroit dans ma vie de fille. Pour toujours j'ai vingt ans, enfermée dans mon appart au fond des quartiers nord je lis tout le temps et je ne suis absolument pas préparée à ce qui m'attend.

Qui peut me dire pourquoi le temps passe ? Je ne comprends toujours pas pourquoi les choses disparaissent, je ne sais pas où va le passé quand il est passé. Je ne saurai jamais pourquoi et comment j'ai quitté cette ville. Je me pose la question chaque fois que j'y retourne et puis j'oublie.

J'essaie de faire le compte de tout ce que m'a apporté le milieu dans lequel j'ai grandi. Me restent, entre autres :

– une totale hystérie si j'entends une parole raciste, un discours libéral, quelqu'un qui défend devant moi la nécessité d'orienter plus de collégiens vers l'enseignement professionnel,

– une manie atavique de parler avec les mains,

– une peur de mourir de faim totalement irrationnelle qui ne m'a jamais vraiment quittée,

– une absolue méconnaissance de la subtilité des formules de politesse utilisées quotidiennement et avec un total naturel par la bourgeoisie parisienne.

Je suis chez moi à Paris mais je ne me suis jamais posé la question de l'intégration au milieu dans lequel je vis. Je n'ai jamais bien compris la notion de honte sociale, même si le mépris de classe bien sûr je connais, depuis longtemps je suis même aux premières loges et il ne m'a jamais surpris.

L'écrivaine et sociologue Kaoutar Harchi m'a dit un jour en interview: « Il n'y a de honte sociale que si l'on croit en des mondes supérieurs, et je n'y crois pas. Il y a des mondes qui luttent pour protéger leurs privilèges, et d'autres qui luttent pour construire leur dignité et leurs droits. »

Mais moi j'aurais voulu une France qui se modernise, un pays où on serait jugé sur notre travail et non sur notre couleur de peau, la consonance de notre nom, notre accent du 93 ou des quartiers nord marseillais, notre façon de nous tenir à table. Qu'on nous lâche un peu avec tout ça.

D'une façon générale j'ai toujours l'impression de ne rien comprendre à rien, et je ne sais pas ce qui a décidé de ma vie.

– Des ancêtres qui après un parcours que je n'arrive pas à totalement reconstituer se retrouvent finalement et par le plus grand des hasards tous ensemble au même endroit.

– Un grand-père analphabète qui vient vivre chez nous exactement au moment où j'apprends à lire.

– Un père instituteur et non pas camionneur comme ses beaux-frères ou patron-pêcheur comme son cousin.

– Un reportage sur les compressions de César quand j'ai huit ans.

– Un grand cousin condamné à perpétuité.

– Une interview de Lino Ventura à la télé.

– Une mère qui possède un exemplaire d'un roman d'Alberto Moravia que lycéenne je lis avec avidité.

– La découverte de Claude Simon quand je suis en fac.

– Le refus de passer le Capes.

– La rencontre avec Lucien.

– La naissance de mes fils.

– Et tous les écrivains que je suis allée interviewer.

Qu'est-ce qu'ils m'ont apporté, ces romanciers et ces romancières que j'ai lus et écoutés année après année ? Qu'est-ce que j'attendais d'eux, finalement ?

Une explication.

Je suis allée chercher chez eux tout ce qui n'avait pas été écrit chez moi.

Et je suis restée avec eux.

Liste des œuvres citées

Livres

La Part du Sarrasin, Magyd Cherfi, Actes Sud, 2020.
Les Ritals, François Cavanna, Le Livre de Poche, 1980.
Pas pleurer, Lydie Salvayre, Le Seuil, 2014.
Pense à parler de nous chez les vivants, Jean Delabroy, Verticales, 1997.
L'Étrangère, Claudia Durastanti, Buchet-Chastel, 2021, traduit de l'italien par Lise Chapuis.
L'Italie entre chien et loup, Rosetta Loy, Seuil, 2015, traduit de l'italien par Françoise Brun et René de Ceccatty.
Syngué sabour, Atiq Rahimi, P.O.L., 2008.
Zone érogène, Philippe Djian, Bernard Barrault, 1984.
Banjo, Claude McKay, L'Olivier, 2015, traduit de l'anglais (américain) par Michel Fabre.
Tenir sa langue, Polina Panassenko, L'Olivier, 2022.
Willibald, Gabriella Zalapì, Zoé, 2022.
Comme nous existons, Kaoutar Harchi, Actes Sud, 2021.

Chansons

Pino D'Angiò, *Ma quale idea*, album « …Balla! », label Ri-Fi, 1980.
Kim Carnes, *Bette Davis Eyes*, album « Mistaken Identity », label EMI, 1981.
Nomadi, *Io vagabondo*, album « Io vagabondo », label EMI, 1972.

Films

French Connection, William Friedkin, 1972.
French Connection 2, John Frankenheimer, 1975.
Le Trio infernal, Francis Girod, 1974.
Le Grand Bleu, Luc Besson, 1988.
Saturday Night Fever, John Badham, 1977.

Merci à l'association Des livres comme des idées
de m'avoir permis de séjourner à Marseille
au printemps 2022.

De la même autrice

À nos aïeux (entretiens avec des écrivains), Aubanel, 2007.
Amalia Albanesi, Le Mercure de France, 2011.
Un jardin en Australie, Grasset, 2019. Le Livre de Poche, 2020.
Maritimes, Grasset, 2021. Le Livre de Poche, 2024.

Les Avrils, une collection imaginée par
Sandrine Thévenet et Lola Nicolle.

Enthousiasmes littéraires

Conception graphique : Atelier 25.
Composition : Nord Compo.
Correction : Agnès Aubry.
Coordination prépresse : Maude Sapin.

Déjà parus aux Avrils

Raphaël Alix
Le Premier Homme du monde
Protocole miracle

Isabelle Boissard
La fille que ma mère imaginait
Camille va aux anniversaires

Lucile Bordes
Que faire de la beauté ?

Jeanne Broucq
Zéro virgule neuf pour cent

Didier Castino
Quand la ville tombe
Boxer comme Gratien

Guillaume Collet
Les Yeux de travers

Nicolas Delisle-L'Heureux
Un grand bruit de catastrophe

Martine Delvaux
Le monde est à toi
Pompières et Pyromanes

Arnaud Dudek
Le Cœur arrière
Un printemps en moins

Martin Dumont
Tant qu'il reste des îles
Tempo

Dominique Fabre
Trois Passagers

Bertrand Guillot
L'Abolition des privilèges

Amandine Hamet
Les Couleurs

Driss C. Jaydane
Moïse de Casa

Bianca Joubert
L'Amérique n'est blanche qu'en hiver

Dimitri Kantcheloff
Supernova

Marie Khazrai
Poupées roumaines

Bill Kouélany
Kipiala ou la Rage d'être soi

Stéphanie Lamache
Objets, trajets

Alexandra Matine
Les Grandes Occasions
La Pire Amie du monde

Karim Miské
La Situation

Vidya Narine
Orchidéiste

Dan Nisand
Les Garçons de la cité-jardin

Lili Nyssen
L'Effet Titanic

Bérénice Pichat
La Petite Bonne

Suzanne Privat
La Famille, itinéraires d'un secret
Toxiques

Johanne Rigoulot
Une fille de province

Isabelle Rodriguez
Les Orphelines du mont Luciole

Achevé d'imprimer par l'imprimerie Corlet,
à Condé-en-Normandie
ISBN : 978-2-38311-032-3
N° d'impression : 24060576
Dépôt légal : octobre 2024